U0464608

风会吹过每一个角落

魏语桥 / 著

重庆出版集团
重庆出版社

图书在版编目(CIP)数据

风会吹过每一个角落 / 魏语桥著. -- 重庆：重庆出版社, 2025. 3. -- ISBN 978-7-229-19221-1
Ⅰ. I217.2
中国国家版本馆CIP数据核字第20249QS706号

风会吹过每一个角落
FENG HUI CHUIGUO MEIYIGE JIAOLUO

魏语桥　著

责任编辑：李云伟
责任校对：杨　媚
装帧设计：鹤鸟设计

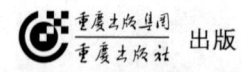

重庆出版集团
重庆出版社　出版

重庆市南岸区南滨路162号1幢　邮政编码：400061　http://www.cqph.com
重庆豪森印务有限公司印制
重庆出版集团图书发行有限公司发行
邮购电话：023-61520646
全国新华书店经销

开本：889mm×1194mm　1/32　印张：11.25　字数：350千
2025年3月第1版　2025年3月第1次印刷
ISBN 978-7-229-19221-1
定价：68.00元

如有印装质量问题，请向本集团图书发行有限公司调换：023-61520678

版权所有　侵权必究

目录——Contents

序　　　/001

归无定所　　　/002
秋早小记　　　/003
最想从事什么职业　　　/005
道中央的野花　　　/007
风与自行车　　　/008
孩子的角度　　　/009
可我想要的，是感受自然啊　　　/010
你不行　　　/012
涨潮夜——期中大复习那几天　　　/014
迷途的少年　　　/015
无序的思考　　　/018
哭泣与批判——没有克服眼泪的十年　　　/020
枯叶与未做完的梦　　　/021
你说，长大　　　/022

"在"与无形的钟　　　／023

此时此刻——慌乱的那些日子　　／024

坠落　　／025

森林给女孩的答案　　／026

都是人　　／029

"成熟"的人们　　／030

江边的女孩　　／035

关于离别　　／036

教育　　／037

敏感　　／038

胡言乱语——网课的那些日子　　／039

木桶原理　　／041

最好的网友　　／042

文字是我存在的意义　　／043

江上隧道　　／044

灵感　　／045

怪谈　　／046

一人的夜晚　　／047

大多数人的奔跑　　／048

庄子的生活　　／049

你的情绪的颜色是什么　　／051

最羡慕的两种人　　／052

我愿化作自然　　／054

重庆的夜　　／055

我多想下辈子成为一只大雁啊　　／056

仅把精力留给两种人　　/057

我在写我想写的什么　　/058

本始　　/060

君言　　/062

最悲哀的事　　/063

初醒　　/065

回答过去提出的问题　　/066

来自记忆的遥远感　　/067

卖气球的老人　　/068

你那么厉害，下次努力考得好点　　/069

体锻时的斜阳——同自己拼劲的那三年　　/070

怀旧　　/071

离群　　/072

等车　　/074

今天的云　　/076

网　　/078

钟摆间的岁月　　/079

被困在时间里的人　　/080

月亮又拥有星星了　　/081

我向镜子承诺　　/082

山脊的枝桠　　/083

我的颜色　　/084

现在抬头，你看到了什么　　/085

天真的孩童　　/086

怎么会有人总是不快乐呢　　/088

"孩子"的世界　　　/089

涨水了　　　/091

活着的理由　　　/092

音乐　　　/094

江荡梦来　　　/095

研究的成果　　　/096

致一段时期迷茫的自己　　　/097

我送的梧桐叶　　　/098

写情绪的文字　　　/099

你不会理解我的怪异　　　/100

真正的热爱　　　/101

"不要想那么多"　　　/102

期待　　　/103

当孩子抬起头时　　　/104

玫瑰丛里的一枝白花　　　/106

千古　　　/107

世间是水　　　/108

躲猫猫　　　/109

夕阳　　　/110

某天蜷缩在衣柜里时的细语　　　/111

曾经的迷茫　　　/112

思绪游离的日子　　　/114

爱梦者疯言　　　/116

看云时　　　/118

寂静似鲸　　　/121

一曝十寒的爱　　　／123

生于自然，归于自然　　　／124

青春童年忆　　　／125

世间的美好总是越寻越多　　　／128

我是天地间的一缕轻风　　　／129

文字情感　　／132

抬头　　／133

看山　　／134

坏星星与好星星　　　／135

隐瞒　　／136

回光返照　　　／137

质问，对自己　　　／138

体育课　　／139

重拾日记　　　／141

少年记　　／142

读小说　　／144

完美伪装　　／145

清晨的嘉陵江　　　／146

今日淡雅的云　　　／147

赛车　　／148

江边岁月　　／149

入冬　　／151

炊烟　　／152

江边唯一还绿着的梧桐树　　　／153

青春记　　／154

5

栏杆上　　　/155
如何形容孤独　　　/157
矛盾的人　　　/158
逃逸的流星　　　/159
地上的野花　　　/160
能许愿的冰球　　　/161
诗鬼　　　/162
小时候，只是奔跑就会很快乐　　　/163
孩子　　　/164
读书人都是诚实的　　　/165
喜欢　　　/167
评判喜爱的书的方法　　　/168
真正的热爱　　　/169
向前的方向　　　/170
她心中的大床已经消失了　　　/171
我仿佛一直在追寻着并恐惧着的记忆　　　/172
双重思想　　　/174
习得性无助　　　/176
无题　　　/177
冬至　　　/178
青春的模样　　　/179
天空与大地　　　/180
将心比心　　　/181
假如所有人都陷入了同一天的循环　　　/182
流星　　　/183

倾诉欲　　　/184

青春与少年　　　/185

靠记忆存活　　　/186

夜　　/187

夜行江畔　　　/188

首先，是热爱出发　　　/189

孤独　　　/190

少年的犹疑　　　/191

朦胧的感觉　　　/192

江边碎记　　　/193

唱　　/194

从前　　/195

致某夜哭泣的自己　　　/196

晨鸟的鸣叫　　　/197

被藏在山间的人们　　　/198

看江　　/199

童年消散的记忆　　　/200

错　　/202

我和冬天一同告别你　　　/203

迷茫的反复　　　/204

致某人　　/205

近视　　/206

成全　　/207

我的善恶论　　　/208

晨曦的海　　　/209

齐头并进　　　/210

夜间看海　　　/211

搭城堡　　　/212

怪相　　　/213

活出电影的美感　　　/214

致某人　　　/215

红枫　　　/216

催化剂　　　/217

怪想　　　/218

逃离的情绪　　　/219

昼夜　　　/220

思念的痕迹　　　/221

我的过去与未来　　　/222

一直这样就好了　　　/224

生命与热爱　　　/225

置顶　　　/226

享受当下　　　/227

年少的悸动　　　/228

相白首的爱情　　　/229

在崩塌中重建　　　/230

过去是否值得　　　/231

中考　　　/234

日常杂记　　　/235

你准备一直生活在重庆吗　　　/236

活着的意义　　　/238

我携风与雪向前　　/240

降调　　/242

梦境戒断反应　　/244

调控情绪而非控制情绪　　/245

为什么你不能看见我呢　　/246

最喜欢的英文单词　　/247

角度　　/248

世界的颜色　　/249

在书店里醒来　　/250

黄昏时分　　/252

emo 的江河　　/253

一起听音乐　　/254

中和　　/255

支付密码　　/256

春季枯黄的黄桷树　　/257

新的景色　　/258

林间漫步　　/259

对的，永远都是对的　　/260

四季咖啡　　/261

向往的生活　　/262

你的落寞是什么　　/263

一人的江畔　　/264

与一陌生人的对话　　/265

荒诞　　/266

同友在江边夜行　　/268

老墙的伙伴　　／270

逝去的公园　　／271

成长　　／272

醒着的梦　　／273

毕业　　／274

更高的要求　　／275

哭　　／276

小熊玩偶　　／278

一个面具戴久了会嵌进肉里　　／279

影子　　／282

失眠　　／283

和朋友在江边　　／284

我的学校，是位过于严苛的父亲　　／285

圈　　／288

醒悟　　／289

生命是哪来的　　／290

爱　　／291

游灵隐寺小感　　／292

想对最好的朋友说的话　　／294

爱的诠释　　／295

头上　　／296

被孤立的人　　／297

易碎，一岁　　／298

静心向佛和躺平"佛系"终究还是有区别的　　／299

矛盾相向　　／300

迪士尼的烟花　　／301

世界　　　/302

慢热的夏季　　　/303

缺点　　　/304

我爱你的逆否命题　　　/305

夏日的晚霞　　　/306

结痂　　　/307

森林闯关　　　/308

其实我挺怕一个人的　　　/310

变快乐的方式　　　/311

棒棒　　　/312

八角笼中　　　/315

说说送你的疲惫感从何而来　　　/316

写作　　　/317

我的颜色　　　/318

倒计时　　　/319

"6·5"重庆大轰炸　　　/320

墙　　　/327

焦土之上的野花　　　/333

朦胧　　　/334

岁岁年年　　　/335

过去的文字　　　/336

初期选拔时的日记　　　/337

再启　　　/338

后记　　　/341

序

我的梦啊，我的青春，是从过去到未来，朦胧的颂歌
唱着，在那转瞬即逝的云散后、也不会离去

"你觉得什么叫友谊"
"是两个人一同从两岸搭建信任的桥梁"

狼狈的过去不应化为阻碍
却依旧值得所爱
那皆是过去的依赖

归无定所

我的灵魂在躯壳里沉浮
它的归途明明早已标红
却依旧归无定所

秋早小记

秋日的繁杂里
盛夏的激情逐渐褪去
枫红晕染的天际像穿越的门径

我痴迷地探望
呆滞地定型

早安
如我一样的陌生人
你是否也盼望着明日夏的归临

音乐把我唤醒
新一日像一次重生
回到原点
回到初始

而梦
是我的经历
它让我壅闭
让我活命

第二日的一切都没有变化

如上一个明天一样

每一日都重复了昨日的事情

一生

颠颠倒倒 活了千百次

最想从事什么职业

我想是一名自由作家

时而记录最简单的生活
时而也天马行空地写写小说
从不为应酬奔波熬夜
每早醒来的第一件事是面朝峦峰

我不一定要很出名
腰缠万贯
我不一定要很华贵
富丽堂皇

我可以是在仲夏夜里饮茶的诗人
可以是螺钿紫的天空下骑行的孩子
可以只是在这天地间某个不起眼角落
然真心地爱着一切

我想我最热爱的我
一定时刻保持感受的能力
依旧会观察每一个细小的生命

会倾听每一棵树的窃窃私语

我依旧会在日暮里伴着夕阳写诗
我依旧会奔波
但一定是为了我的热爱

只因文字啊
——是我的生命

道中央的野花

道中央的野花啊
你何必如此自苦
开得如此惊艳却无人驻足

他们用车坚硬的外壳撞击你柔弱的四肢
他们用呛鼻的尾气回报你明丽的芳香

道中央的野花啊
你何必如此热情而激昂
难道和每一辆过路的车献上最恭敬的问候
是你与风的约定

你弯腰再弯腰
向每个对你视而不见的人深深地鞠躬
可你终究得不到任何一句祝福

道中央的野花啊
你到底何苦

风与自行车

风轻挑我的脸庞
琐碎地细语
我以为我能听到音乐的韵律
却未曾想到风的嘶吼更甚

我骑着自行车向下俯冲
双耳被呼声蒙蔽
连自己的声音都不再明晰

那些恶臭的垃圾
被风的怒吼吓走
我依偎在风里
毫无知觉
亦渴望着消融

孩子的角度

偶尔蹲下来

试试孩子的角度吧

每一只蚂蚁都变得清晰

每一撮小狗的毛发都变得飘逸

每一棵草闪着黎明的泪

多么值得探寻

可我想要的,是感受自然啊

昨晚做了个奇怪的梦
梦里
我和一群发小一起乘车去景点玩
到时才发现只有我没有门票

我在景区门口久久徘徊
一人却突然瞬移出现
说,你进去也没用的
你看这些山
你可以去数山与山之间的那几棵树
然后你就能知道树的分布
计算下它分布的原理
还有这水
你不能分析下它的构成吗
学习最重要,书上看着知识不更快吗
进去干什么
多思考拆解下这世界才能知道它运行的道理

梦中的我很激动
很激动

泪水不自禁地一滴滴往外涌
眼眶早已红肿

我几乎是怒吼
带着浓浓的哭腔
——可我只是想感受自然的啊

——求知必然重要
但兴许不是每个事物每时每刻
我们必须追根问底
有时我们爱的
兴许只是那一刹那的感觉
是身临其境的共鸣
因为人，毕竟是感性的生物
人最大的成功莫过于活成热爱的自己

你不行

我曾说
我要一个人旅行 他们说不行啊
你太小了

我曾说
我要写一本书 他们说不行啊
你未入格

我曾说
等我长大了，要成为一名自由职业者
每天面朝川流熙攘
像古代骚客一般叹几句悲凉欢喜
他们还说不行啊 你真以为那么简单

我钟爱着风一般的生活
永远为热爱奔波
累了就在树旁短暂地歇息
困了就回到心底
问问曾经的声音

他们总说
你不行
你太小
你不懂
你未入格

可我确实还是个孩子
也不明白那些顾虑
到底还要等多久才有结局
要多优秀才算优秀
多成功才叫成功

是否人百分之九十九的焦虑都来源于自己
自嘲自话 掩耳盗铃
明明一首诗 一场雨就能解决的心绪
——非要"收藏"在心底

涨潮夜
——期中大复习那几天

河底的幽魂在抗议
它们冲出水面掀起大浪

我在屋里
被上紧发条

外面再多的浪
都成了海市蜃楼的胡闹

迷途的少年

迷途的少年
你还在哪里徘徊
你是走入迷宫的羔羊
是被欺瞒的偷渡者
你是毒酒漏掉的常客
别人的诉说都像过眼云烟

你是那样一个鲜活的生命
未曾被遗憾埋葬
你是那样一个独特的个体
向往、冲动
偏激又高昂

你是莎士比亚笔下那追问真理的哈姆雷特
是电影里毫不起眼的龙套演员
你在世界最渺小的角落呐喊
神韵依旧那般亢然
竟妄想穿过真空传达到世界另一端

你是那样地懦弱又顽强
听首音乐都会涕零的孩子啊
你还没有长大
你还不够坚强

你总是乐此不疲
你总是高扬凯歌
即便你还没有出发
就已在想象

这世界有太多无所顾忌的理由
你却避开了所有
你像大多数人一样在人潮里拥挤
　却终是选择了逆流

愚蠢的孩子呐
你这是在干吗
因而鲜嫩的白饭到了你嘴里就成了米糠
你总是面对生活味如嚼蜡
总是为今天的自己修葺城墙

再把昨日的坟移进旮旯
里面埋着你昨日的灵魂

你扫去每一分墓上的灰尘
城墙就越发熠熠生辉
你每日为自己扫墓
扫去的灰尘都化为了明日筑墙的砖瓦

无序的思考

经历得很少
想得很多
我全身上下的每个细胞都被固定在座位上
我脑内的神经却正在探寻奥秘

我说我去过天的边际
他们说我疯言疯语
我说我到过世界背后的圣迹
他们笑我胡思乱想

幻想的柴薪日渐缺稀
现实的车轮碾过所有天马行空的梦
留下思绪的残疾

你告诉我
到底什么才值得记忆

他们窃听我啜泣的诘问　瞥眼看我
——"先把规矩背完吧，真是偏执"

我画下一朵玫瑰
嫣红的流彩在天角晕染
剩下的调色盘便通通倒进了我的血里
因而我的血液是如此被染红的

可江河啊
我的血液正在褪色
还有什么可以拯救我呢
江河啊
那无休止的谎言你还能消散于海中吗

他们会不会也凝聚成岛而堵塞了您的汹涌
他们是否也欢腾达旦而耽误了您的奔赴

江河啊
我的血液也是您的一部分啊
也充斥着谎言从心脏的中心处迸发
也待他们堵塞我的每一条血管
窒息在空气里

哭泣与批判
——没有克服眼泪的十年

小时候　我哭
你说，哭哭啼啼的管什么用

后来　我再也不哭
像个愤慨的斗牛士般回复每一件让我愤怒的事
可每每结束，也都像那血肉模糊的臂膀
死去的牛旁也有大片大片斗牛士鲜红的血液

你说，什么话都要这样批判有什么用
固执、偏执　终究不受这个世界的宠爱

可我不是你啊
我不是你
如果不能哭泣
就只能批判啊

枯叶与未做完的梦

夏季未退
秋日未至
萧瑟间的激情丝毫不减

剩下多少还想继续做的傻梦被闹钟吵醒
碎成的一块块利刃　像枯叶的脉络

我想
我会踮起脚尖轻手折下一片无处安放的叶
置于心间　我那滚烫的胸膛
再做完未做完的梦

待再也无法为生命驻足的败叶落下
雪捧着它
像捧着个方才呱呱落地的孩子
轻抚着安眠

你说，长大

我兴奋地问，今日的太阳何时升起
你头也不抬地让我自己去查

我追问初日的光为何如此暗淡又耀眼
你跟我谈起了云雾的构架

不知道是什么时候开始
时间越走越快
感觉的东西越发迷蒙
留下的唯有公式与条条框框

你说，这叫长大
可长大又带来了什么

"在"与无形的钟

丑时无形的钟在魂魄深处敲响
音乐依旧放着
列表循环了一遍又一遍

我终究还是把它们都下载了下来

打着语音通话
我怯生生地询问她是否还在
没有回答
钟声更雄厚而紧促了

我发文字消息
问她"还在吗"
纯音乐正值跌宕的部分

她说
在

那一刻
一切的钟声都停了

此时此刻
——慌乱的那些日子

我为自己的逃避编造了无数借口
却不称其为自欺欺人
大多数的人深刻地知道自己在干什么
却不愿意也不敢改变
实不相瞒我也是一员
就如此时此刻一般

坠落

空荡荡的房间里
莫名其妙的灵感飘忽不定

每一次与它们的失之交臂
都像一次坠落

森林给女孩的答案

悬窗的忧伤
像纱帘间穿梭的风
轮辙的悲哀
像萧萧烟尘间的擦肩

那个女孩叹啊
她尽力地呼吸
在这没有心脏的世界里
跳动的只有日渐麻痹的神经

是什么在川流
是什么在微微地说

他们笑得很大声
可她唯顾听树的呻吟
四野的流语只落下一片狼藉
秋叶的濒临在喘息

女孩是大自然的使者
她生来属于森林

她厌倦城市
厌倦随处可听到的哀鸣

老树说啊
在很久很久以前藏着一个秘密
她想追寻

风儿说啊
在很久很久以前埋着一个奇迹
她想掘寻

烟灰色尾气在游弋

它们掠过每个人的身旁
调戏着蔫败的野花

银白的雾霾钻进鼻腔
女孩捂着鼻子憋屈
她痛苦着难熬
逼迫自己变形

她飞奔而去
一旁的人说着，说着
孩子，你去哪啊
规划好的路还没走完呢

路旁荆棘的每一根倒刺也都在嘲笑
孩子啊孩子
你终究是太渺小

可森林爱着这样一个怪僻的孩子
她把她拥进怀里
抱得紧紧

是谁在哭泣
女孩还是森林

只有抽泣声那样鲜明
女孩害怕地低下头问森林
我是不是错了
是不是也不该存在

森林被她的追问震惊
因为现在谁也不知道答案
森林只能抱着她
等女孩满足而昏沉地睡去

——等二日招来了野狗
所有人
才知道了答案的意义

都是人

绝大多数的人都永远不会满足于
自己与所处的环境
无论努不努力
富不富裕
都一个模样
都是人

"成熟"的人们

琐碎改变了我们
我们服从地应下
多少人在彷徨里丢失了方向
多少人还在人潮里无措地张望

云影流过的痕迹像我们曾经的张望
风与草编成的童话是我们曾经热切的追问
是什么改变了我们
是什么改变了我们

是世界
那些荒谬的谎话
还是我们
那些逐渐痉挛的思想

有些人
自谓是"成熟的人"
他们含着泪,向空气絮叨着世界的不公
他们高抬头,审问式地质疑梦想有何用
他们望啊

望啊
也望不到他们所想要的尽头

网上
草的戏谑间
还有那迸着轰鸣的街道旁
"成熟的人们"说
梦与诗的远方就是笑话
说，梦想能值几斤几两
可谁又曾记得他们身为儿童时简单的盼望
我知道你要说什么啊

我知道你要说什么
你会说，我太小
你会说，等我长大后历经世间的酸苦便会彻底妥协

可我不想
做不完的梦不能用来歌唱
没走完的路不能以此宣扬

你还说，梦不能当饭吃
你还说，这样的倔强迟早会将我送进地狱

可我会愤慨地告诉你我乐意
如果死，我更愿意在天空翱翔时被卷入天际

如果死，我更愿意在无际的草原上被狂风骤雨鲸吞
如果死，我会在做过那些我想做的梦之后
会在走过我想走的路之后

我也会努力
但是以我自己的方式抉择
因为我生来就不愿应下这世界的诞妄
当痛苦来临时
我会坚持并抨击令人恶心的事物

我更喜欢当个改造者
在有能力或没有的时候都一样
我想坚持自己所想
想明白自己的初心与愿望
我会推开挡着我的那面墙
在披着晨曦的泥泞里挣扎

我不会应下这世界的诞妄
不会奔波于别人的利益或世界的合流
因为这就是梦想遗赠的希冀

即便陷入深潭
即便身为尘埃
也依旧傲然挺立
像个传道士般地高昂

这绝不是虚妄
这绝不是空想
因为有梦的人从不自满

我不会待在"成熟的人们"里游荡
像鸟群里瘦弱的雏鸟那样无助地盘桓
我不会待在"成熟的人们"里叨唠
然后在腐烂腥臭的日子里发霉
将殆亡的意识丢弃
泯灭

也许那会拂逆许多人的看法
但绵亘的远山总会比纯然的耽湎好
我会自己诵读
为自己诵读!
……

也许未来的某一天
我也真的会守护不坚而成为他们口中的那种人
像提线木偶被指挥着向前
可当那一天到来时
我一定会替自己沉痛
为自己举行一场隆重的葬礼
我会哀悼
像沉暮嘶哑的鸟鸣似的

替自己哀叹
——站在无形的墓窟前潸然

因为连我也没有把握某一天的到来
是否我也会被啃噬
是否我也会被掩埋

江边的女孩

在江边
那个小女孩捡着一块一块的鹅卵石
不厌其烦地往水里掷
一只手提着米白色的裙摆
在水色的映衬下更显柔和
她望着水里刹那间泛起的波澜
也不会觉得那样单调的涟漪有何无聊
她不停地挑选石头
心里又畅游着怎样的一番天地
她真的会因为找到一块漂亮的石头
而迸出灿烂无比的笑
就像曾经的我一样
——少女的身影总是如此重重叠叠
将我在回忆与现实间来回拉扯

关于离别

正是因为身边的人变了又变
我们的关系网层层筛选才终于留下值得永远惦念的人与事
大多数的人本就是过眼云烟
小有惋惜而无须痛惜
最重要的还是怎样留住你自认为可以永久相伴的人

教育

自然而然写作的时候我的思绪在奔腾
坐到教室里的时候便被定格

为什么人明明是三维生物
却会被二维的纸张束缚

就像
我们生来拥有颜色
我们生来拥有感受的能力
我们只是在学习表达的方式
而不是热爱的途径

可方式被固化
我们也被刻为雕塑

（并非教育全部，仅批判部分无脑的彻底公式化、重复式教育）

敏感

对愁绪敏感的人对欢喜也敏感
遭受双倍痛苦的人也会享受双倍的幸福
我想我幸运地拥有感受的能力
幸运我是如此敏感又多愁善感的个体
即便偶尔它们也让我支离破碎

胡言乱语
—— 网课的那些日子

蠛蠓的翅翼化作了残肢断臂
藏黑的血液玷污我的桌椅
明天又是忙碌
人们的声音在记忆里都是那样远离

我死死地盯着那细小的断臂
像科学怪人一样好奇
过去的日子如梦的印记
照应的俏影被询问追寻

我常常遁入虚空似的迷蒙空洞
不知道又说了什么胡言乱语

我想
我也像那飞蝇般绕灯许久却亦迟迟不进
我的前进没有目的
我的目的没有前进

我也像那虫豸的尸体般没有思绪
也像那风的流转般没有既定

端守在课桌前
切换得如此之快
我的生命生来矛盾
但矛盾却赋予我生命

木桶原理

木桶原理无错
却哪里适用于群体中的个体
要有人的智慧的话——
就不会想过把木桶斜着接水吗

最好的网友

和她一起听音乐时
我们一千五百公里的距离
就像虚无的断线般不复存在

文字是我存在的意义

他们总说
你要多花些思考在理性的分析上
他们总说
如此热爱写作对你的成绩没有好处
他们总说
文字实在浪费时间

他们真的有很多很多充分的理由让我放弃
这让我一切的"诡辩"都显得无足轻重

我的理由只有热爱与热爱
我的理由没有依靠
仅是因为文字是我的生命
我存在的意义

江上隧道

淡黄的夜灯漾映在漆黑的嘉陵江上
像一道道素白的隧道
我在窗上凝望时总是好奇
它们会不会通向深海的另一端

灵感

真正的灵感刻意想不出来
我想
应该是从天上掉下来的

怪谈

还好人衰老得不那么快
总要花上几十年的时间
不然我真的无法接受今天你还在蹦跳
明天你就拄着拐杖白发苍苍

一人的夜晚

月啊
你也会掩泪独酌吗
若你愿,我亦多想同你共享此夜

大多数人的奔跑

大多数人的奔跑像艳霞里的烂泥
一面如流火云一般热烈只争朝夕
一面如垃圾场的臭气一般腐烂垂死挣扎

好像在我的世界里
每一场相逢与际遇都拥有它
特殊的色彩与味道

庄子的生活

如果可以
我愿过庄子的生活
自娱自乐
贫困却也大无顾虑
汲取山林之间的灵气
如鳖龟般只愿在泥潭里畅游

或许我会因此饥饿
会因此被鄙夷
但我拥有的是整个自然
是整个遍野的四季
我拥有的是诗歌与林
是曙光与溪

我会在青绿的草坪上平躺
像个隐士者般静匿
我会打着灯在破晓寻找蝉鸣
会观察舞蝶的振翼与古松千年的纹

只是我做不到庄子那样逍遥
我还是有很多俗愿
我放不下的太多
所以也无法追求自己的所望
无论如何选择都会留有遗憾
仅能抉择

于我
这就是真理

你的情绪的颜色是什么

我的情绪常是天蓝色
淡淡的忧伤伴着宁静

最羡慕的两种人

最羡慕的人莫过于两种

一是和生活死磕的人
无论什么困难都迎难而上
总是有更高的梦想且从不放弃
从不认为自己不行
也从不认为有什么目标达到不了
离一个地方再远
一切再不实际
都非要硬着头皮拼一把
并且 摔得鼻青脸肿也要开怀大笑
在所不惜

二是彻底随波逐流的人
白天就安安静静地做完工作
晚上一点稀疏的时间
就随便干点自己喜欢的事情
刷刷剧看看书 很简单的
无聊就大不了去公园走走
看看暮色里自然宁静的油画

也花不了什么钱
第二天还是日常上班
日复一日
也不感觉有什么缺失

但大多数的人
包括我
都永远在中间带徘徊
想慢下来休息一下
又不肯放弃更高的追求
总是在竞争与竞争的路上
却又那般憎恶

我们总是因自己的犹豫不决而不断内耗
做什么都不够单纯
可对自己又毫无办法

我愿化作自然

当我迷茫时我会想象我是一条奔涌的河流
当我软弱时我会想象我是一块坚硬的石头
当我恐惧时我会想象我是一座沉稳的大山
当我不知所措时，自然就是我的依靠与归宿
无人相伴时，我愿化作山丘峻岭
我愿化作自然

重庆的夜

夜是银河坠落天际
像孩子弄丢的晶莹糖果撒落平地
像多少人的虹瞳里 还藏着的拂晓与欢喜
我爱我的家乡
将永远把这座城市写进生命
重庆

我多想下辈子成为一只大雁啊

我多想下辈子成为一只大雁啊
能随着族群迁徙
一直待在同伴的身边
即便落伍了也能拥有诗人的赞颂

仅把精力留给两种人

有用的人
你爱的人

我在写我想写的什么

文思枯竭时就随便乱写
不需要像考场作文似的立多高的主旨
不需要像工作谈话时非要论出个什么道理
不必非要有多清晰的逻辑
不必非要多少人明白赞颂

我自己的心绪
飘忽
无理
荒诞而惊奇
我自己的心绪
永远值得被记忆

它不会成为某些人口中的感动自己
不会成为某些人评价的无病呻吟
你要问我此时此刻在写些什么
为何如此莫名其妙地毫无顺序
我会笑着回答
我在写我想写的什么
我在表达我刹那间随意想到的什么

而若有人能得共鸣
那将是你我的万般有幸

本始

像梦的记忆总是闪现在清醒的时刻
清醒的经历总是遗忘在像梦的回忆
你的诉说如此清晰
你的告诫如此分歧

混乱的世界里我总是保持头脑清醒
人们在恸哭
人们在欢喜
繁杂的世界里什么值得追寻

你的眼眸
还是他的追忆
我忘了自己的记忆
忘了你的追寻
淡了所有的关系
丢了所谓的诚语

世界用它的万物试图教会我它的道理
却不知我只想感受万物
人的本始如何探寻

最高深的哲学家也无从论起

只因人们早已忘了自己的初心
他们的记忆
他们的本始
早已被世间的伦理盖去

人的一生都是在不断的自我分裂中追寻，然后合体

君言

莫问何梦未有极
莫思何人未有期
君言今朝有酒醉
却看那年烟雨时

其实哪种选择都没有对错
关键在于一定要选择一个方向坚定不移地走下去
而不是时刻犹豫不决地分裂自己

无论怎样后悔都没有意义
无论怎么选择都会留有所憾

最悲哀的事

作文得最高分的同学并不热爱写作
成绩排前几名的人不知道自己的梦想是什么
有每天都在奔跑、努力的同学
不知除了成绩、升学、考试以外
如此努力有何意义

有人花了那么多的时间把古诗倒背如流
却下来就吐槽背那么多古诗有什么用
有人花了那么多的时间去细心揣测出题人的心绪
却考完就来了句"出题人的脑回路真的是奇葩"

政治道德最好的同学人品不一定好
阅读理解最好的同学情商不一定高
所谓写作发现美
可最高分的作文也常是在写儿时的事

多少人花了那么多的时间去追逐、竞赛
到头来
却连热爱是什么
青春的率性任真是什么

都不知道

现在想来——
这莫过于最悲哀的事了

初醒

早晨惊醒的困倦像一场明晰的雾霾
思绪荡漾
目光游弋
醒来后的我
反抗着伛偻的贪想
在梦里挣扎的我
则早已涅槃了千万次

回答过去提出的问题

其实完全相反的两个抉择并非一定非黑即白
任何选择都有个临界点
任何选择都不能彻底评判对错
关键在于你对这个选择的看法
仅限于你
你的思想
你的情绪
你自己深藏在内心底处最确切最赞成的选择
而加"最"的仅仅是因为不论作何选择
往往都会留有遗憾
人往往
是矛盾的个体
只有"最"
没有"唯一"
最重要的是不论怎样跻蹐
大声喊出自己的选择后就坚定不移地走下去
即便遗憾无法避免
即便羡慕与渴望无法遏制
也不要迷路
不要退却

来自记忆的遥远感

短暂的刹那似梦
经历时无感
回忆时却如活了千百年似的
——世间的一切事物、在记忆里
都天生拥有着一种古老的遥远感

卖气球的老人

细风惊动了孩童手里五颜六色的气球
他们围着卖气球的老人兴奋地上蹦下跳
老人皲裂、木质似的脸庞
才终于在孩童们簇拥下染上几分色彩

"我要灰太狼的"
"我要光头强的"
他们用短小柔嫩的手指指着
眼里被夏季的烈阳映上了光

一个孩子说
"长大后我也要当卖气球的
这样我就能有好多好多的气球了"

老人紧紧地攥着气球
她依旧慈祥地望着孩童们
——眉眼间流露的不知是欢悦还是凄凉

你那么厉害，下次努力考得好点

今天物理老师请进步和前几名的同学喝奶茶
一个考栽的学霸走过来
老师问他要不要　说可以把自己的那杯给他
那位同学百般推辞
笑着自嘲说"我知道我不配"
可老师还说"没关系，喝嘛，我不喝没事的"
那位同学突然就哭了
老师笑着拍拍他的肩
说——"哎呀，没事的，你那么厉害，下次努力考好点呗"

体锻时的斜阳
—— 同自己拼劲的那三年

刚开始体锻的时候
傍晚的斜阳是刺目的

体锻到中途的时候
黄昏的斜阳是一片金黄的弥漫着的迷雾
因为你的双眸早已被晶莹的汗水朦胧
你的汗水早已暗淡了红轮的灼灼耀眼

体锻到末尾时
欲坠的斜阳是一颗辉煌的五角星
只因你的眼里含着泪水
只因你的眼睑早已被疲惫压得沉重
五角星最醒目的尖角是由你的汗泪折射成的
橙黄的斜阳相比你、都不再闪耀

怀旧

怀旧的人总是被记忆残害
也总是被记忆救赎

有只蝴蝶扑棱着翅膀滞留在窗边
一直等到我拍完照才飞走
"Pose 摆得怎么样"
"哈哈,谢谢配合"

离群

一层隔膜
隔开了我与这万千人潮
人们的声音很远
游弋在耳边迟迟不肯进入
我被塑料袋罩住
心脏还在蹦跳
可血液早已供给了隔膜

我定立在人潮里啊
像是一面空气墙
人们摩肩接踵地离开
萧瑟秋风般从我身边掠过

人头攒动
却是他们的世界
我的世界在塑料袋里
贴着边缘
透过素白的塑料尽力张望

到底是从什么时候开始

明明可以和每个人都聊开
却依旧空荡

很喜欢一起听音乐的机制
即便知道也许对方压根不在听
即便知道也许对方压根连人都不在一旁
也会感到很安心
好像有人，一直在和我同频共振
好像有人，一直陪着我似的

等车

音律敲击耳膜
烟柳间飞散的扬尘形影无踪
暮色的帷幔下我陷入了异世界的魔幻
意识不在的我该怎么抓住那些卑贱的尘土
该怎么试探汹涌的车流

街旁
等车
眼帘里伴着泪滴的风景
像不息的浮槎
仓促的色彩我又该怎么装进诗里

思考时
枯涸的灵感被寄予在焦躁的脑海里
不是五分钟吗
怎么这么慢

我寻觅
对街映照着霓虹的公园是昆虫的天地
人们少有探寻

只把过路的灰尘扬进土里

初秋的风不太冷
甚至有点暖
被爱美女士撷走的柳条指着她明日慌忙的路径

车流间等待的我啊
想着
焦急的人们

今天的云

今天的云
像雾一般
但她依旧是云

今天的云
逝去了曾经玫瑰般的艳丽
湮沉了镶嵌的金箔
她是古时素衣白布的江南女子
彩釉般的油纸伞下灵动又空白的眼眸

今天的云
吞噬了对岸的污糟
湮灭了所见的一切淄涅
盘基的甸子际散在朝云中
她是万梦的初始
蝶翅的幻想

她轻灵地点拨着每个徘徊的人
拥护着每个抉择的孩子

今天的云啊

大概不太高兴

她把她所有的欢喜化作雾霭

让过路不知情的人们啊都深吸肺腑

再把吐出的污蔑自己典藏

今天的云啊

你是那样地温和

请让我抱抱你吧

网

像网
战栗地在粗绳结上游走
你可见着那浸染丝线的汗滴
你可见着那烙印于深刻编织间的足迹
包裹
挣脱
翩飞的蝴蝶被巨大的蜘蛛捕获
连那轻薄的翼也被碾碎
洒下
镶嵌在无尽的网里作缀

钟摆间的岁月

钟摆滞留木柜中央
曾被它牵缠的时间猛然迸发
老旧的玻璃千刀万剐
已承不住碎言细语的强压
渣滓随我从前盼望的时光皆被践踏
尖刺穿透了我
玷污了啊
岁月像仲夏琐碎的蒲公英般翻浮而去

被困在时间里的人

他是被困在时间里的人
以往追问的实质锻造犀利的刀锋
惘惑迷蒙的记忆筑起万丈高墙
他被世界包围
被儿时自己的欢笑拉扯
被如今的自己蒙住口鼻
被自造的高墙围困不已
被困在时间里进退不定

某天他拿起追问锻造的刀锋杀死了自己
却发现一切回到了时间的初始

月亮又拥有星星了

月亮失去了星星
我在夜里清透的湖里点上了星点白船
小白船逐风飘摇
都拥着坠入湖底的一抹冰轮旋转起来
月亮　又拥有星星了

我向镜子承诺

我会一丝丝修葺这破裂的空间
我承诺
让镜子能重新反射这个混沌的世界
我承诺
让我能再度从镜子中看见不得见的一切周边
我承诺
让昔日情钟的春华频频绽放
我承诺

山脊的枝桠

记忆里自行车的弧轮转个不停
咔嗒咔嗒 咔嗒咔嗒
碾得模糊作响
压过沉暮的秋叶
倾洒聆听过的磬钟与轻哼过的歌
熟悉的歌谣无法带回从前
我们骑上过往最高耸的山脊
折下如今最普通的枝桠

我的颜色

像无边的大海般广袤
融入湛蓝的暮色天空
我在那凌晨淡青的江河里浸泡
随之潜入靛蓝的深渊
我在泛着蔚蓝的世界里遨游
弋猎所有的期许
我是复杂的深沉的湖蓝
以最澄澈的目光诉说着
我是无言的塌陷着的克莱因蓝
又以最坚毅的意志支撑着
以我的灵魂
在这天蓝的世界里
我是天蓝的我

现在抬头,你看到了什么

天花板
黑
深沉的黑
迷蒙的黑
像丝纱般恍惚的黑

天真的孩童

天真的孩童啊
你是怎样一路奇妙的神经
从这条江河到它毗连的另一个土坡
你的眼里有架桥
你的灵魂里塞着宇宙与世界
塞满未来的预言

胡思乱想的调侃在臂膀间穿梭
我凝望着天真的孩童啊
以一个旁观者的视角
化为湿漉的柏油路上
唯一缠绵悱恻的孤魂

我的思绪从躯壳里抽离
天真的孩童啊
你肯定不会知道
你的意义就是那一条条交织的神经
你的世界就是那所谓的过去的禁忌

我永远喟叹着的天真的孩童啊

那绸缪的茧丝是你怅惘的思想
那进击的诗篇是你飞扬的胡话
我曾经也是你
而且
也从未改变啊

因而我的生命
始于天真孩童的追问
终于思想湮灭的刹那
我的灵魂寄居在那繁杂的神经里
永远如风梭般穿行

怎么会有人总是不快乐呢

"怎么会有人总是不快乐呢"（陌生网友）

"因为人们总是在沉吟未决
他们总是创造难解的谜题
好让自己抉择"（我）

"孩子"的世界

川流不息的车道如同孩子般睡眼惺忪地醒来
穿行的河道慵懒地伸了个懒腰
无趣的公文包自在起舞
唱啊跳啊 扰乱凌晨的寂静
踊跃的天际有踊跃的精灵

浮动的光芒熹微初露 欢饮达旦
吵人的鸣笛盖过雨滴一夜不停
人们快马加鞭地出行
人们自以为是地追寻
网格中央的脚步声传遍湖海 震裂大地
欲修的高楼挺拔直立 完美遮住浩荡江流

无人意 无人意
众人之愿不在涧而于炫灯尾气之间

麻雀扑飞 着眼低处
雨泪俱下 着眼房门
声声扣心 句句明人
目眩神迷的霓虹灯刺瞎双眼

欲罢还休的云肆意翻滚沸腾
过路小孩兴奋指天 想吃棉花糖
前路拉走 不屑 不屑

涨水了

嘉陵江好像一夜之间就涨水了
又变得那样宽广奔涌
好像可以容纳所有无用的杂碎
隐约的晴山云雾缭绕
秋波的雾气流浪在江边
连江水也变得鸢尾了

缅邈的感觉像古老的水墨画
沁染着每一个鲜活的细胞
我好像通过嘉陵江那冗长的河堤穿越千年
短暂地
过着古时自由诗人的生活

活着的理由

这世界上活得最痛苦的人既不是过于现实的人
也不是过于理想的人
而是那些在现实与理想间来回徘徊的人。

如果一个人永远在说"但是"
那"但是"前面的内容将逐渐
变得没有意义

如今最功利的事情就好像
只要你不够完美、在各个方面都做得很好
你就会被斥责没有资格赞叹美
没有资格去热爱

——这简直太荒唐了

我经常后悔自己的决定,并且害怕改变
但小孩子不会——他们会吵着闹着说自己没错
然后再偷偷地改变选择

我想、到我会因窗外闪过的一只蝴蝶而高兴一整天的时候——我就成功了

音乐

音乐叩击我的灵魂时
我好像一位潸然泪下的孤游诗人
好像一只翩然无序的荧光蓝蝶
好像一个破旧的旋转木马
——独自地、徐徐地转

江荡梦来

人去江荡长堤暗
云里娉婷梦枕边
星玉成患众捧天
话别七日又无言

研究的成果

他们费尽心思地寻找最美的配色
他们挑三拣四地研究最优的结果
我随意泼洒了颜料融合
我随意拾起一段记忆胡叹悲欢离合

他们说
天呐
你研究了多久
你有什么诀窍
有什么成果

致一段时期迷茫的自己

每一周无非都是自己与自己的激烈斗争
没有赢家、没有输家
没有正派、没有反派

我送的梧桐叶

"给你！梧桐树叶代表着吉祥"
"那、那这个家门口到处都是"
"什么啊——
我送的　树落的　人踩到的　能一样吗"

写情绪的文字

写情绪的文字不是在无病呻吟自己的懦弱
而是在这苍茫无力的世界里
终于找到了可以与自己对话
同自己依偎的途径

世界上最可恨也最悲哀的人
莫过于一开始就错了的人

你不会理解我的怪异

我用眼泪去表现我的强势
用妥协显示我的生气
我用欢笑掩盖我的委屈
用遗憾替代我的情绪

可你不会理解
你不会理解我的怪异

真正的热爱

　　真正的热爱不需要什么咬牙死拼,不应该有什么苦熬成钢——真正的热爱,即便是枯燥也使你激昂,即便是艰苦也使你快乐;真正的热爱,不应值得我们焦虑,不应值得我们恐惧,不应值得我们辗转反侧、彻夜难眠;真正的热爱自由、奔放,时来时去却永不离散;它像只无边草原上的牧羊犬,自在、纯粹地跑着,无论跑向哪里,迈开步伐的刹那——都是向前的方向。

"不要想那么多"

我期盼的兴许只是你的答案
而不是你永远重复着的——
不要想那么多

你向白昼借一捧伶仃焰火
在黑夜里燃起一片大火
你笑说——看哪，多亮堂
殊不知黑夜因你炙热的火焰煎熬
他们在无声中，呜咽着悲鸣

这个世界太主观了
这是它的美好所在，也是它的悲哀

期待

"2点睡5点醒,不想睡了,因为对睡醒之后的生活没有期待"(网友)

"早晨醒来的朝阳难道不是很美吗"(我)

当孩子抬起头时

孩子抬起头
到处都是匆忙的步伐
到处都是被鞋布擦得光亮的皮鞋
到处都是巨大的机器
到处都是新奇、从未见过的事物

孩子的世界和我们不一样
他们眼里的商场全是人腿
他们眼里父母工作的公司全是桌腿
许多地方
孩子的视角与心理都与大人们不同

孩子不会去看时间有多紧促
任务有多紧凑
他们会看地
看风
看土壤上的草与晨露

他们会因看着这个世界而感到快乐
会因奔跑在这片土地上而感到快乐

他们欣赏待放的花骨朵儿
欣赏慵懒随性的晚云
欣赏过路小狗小猫的奇特花色

他们会兴奋地指着一株奇特的花尖叫
会花上一下午的时间耐烦地看蚂蚁搬家
会幻想
会创造
会有自己尚不成熟却是天真的"真理"
我很喜欢一句话——

"儿童是天生的哲学家"
也很喜欢一句话——
"每一个大人都曾经是个孩子,只是我们忘记了"

玫瑰丛里的一枝白花

你是万艳红中的一抹淡雅
你的人生只适合孤芳自赏

千古

　　空灵的诗筏上孤独的游人在湖水致幻的迷镜上漂浮，冷冽缭绕在诗人疲乏的身躯间，竹涛萦回在钟磬古老的佛文边。扎根于这片土地的游人与诗人啊，他们在那浩渺的天地间慨叹、流浪——千古多少离歌化作灰烬尘埃，多少悲情往事落为墓陵草艾。

　　风云雪见英雄血流成河，城墙围下将士尸满四疆。怀才不遇的文人独而不孤，墨砚笔下亘古绝唱。他们是阴郁的自行者，是千年画下的龙睛一点。

　　叹、万年悲喜千年哀，草丁无名，诗人无迹，将士无姓，帝王亦不过历史浮埃尔！

世间是水

把世间的一切都想象成水
世间的一切都变得柔情、婉转
世间的一切都变得铿锵、有力

躲猫猫

我的每一天都像一场欲完的躲猫猫

我拼命地躲藏

却又害怕他们找不到

夕阳

本已定好了目标要在今晚拍一组夕阳,翻开书静静等待;许久抬头却发现夕阳已坠,暮色将至,忽然间一股失落感涌上心头。

我告诉自己——没关系的,夕阳过后还有朝阳,朝阳过后明日的夕阳也一样美丽。

某天蜷缩在衣柜里时的细语

我的躯壳被挤压
我的灵魂被流放
外面的世界如此之大
我却彷徨迷茫
衣柜里闷热漆黑的小空间
我的灵魂在蒸腾
我的思绪在飞扬
蜷缩着我的躯壳亦得到安放

曾经的迷茫

之前一直有种奇怪的感觉
好像什么透明的薄膜把我笼住
烟雾的沉砀将我挤向墙缝裂开的大门
我的灵魂飘向莫须有的远方
我的空壳还在原地腐烂
我试着伸手去够那无端虚渺的意识
却永远在握拳时抓了把空

好奇心的驱使下我翻了好多书
查了好多资料寻找
我的寻觅从来没有结果
但就和那无端的感觉一样
无端的意识也推着我继续向前
没有结果的觅取让人抓狂
我像是坠入了虚空
——在永无止境地坠落

后来
我仔细想了想
不需要什么机遇与纠葛

只是猛然间……我想——
也许是我正在不认识这个世界了

思绪游离的日子

跟你们讲个笑话
我的神经很活泼
不停在丧与乐间来回横跳
他不断地波动、横跳啊
像弹吉他时的弦一样
只是弹得不太好听

我一直觉得如果他去参加跳花绳比赛
应该会得第一名
因为他绝对是最勤奋的
每天每时每秒都在练习
我这个练习场都要被他踩塌了

你见过潮汐的车道吗
见过凌晨三点的江河吗
见过树荫斑驳的石板路吗
见过红轮下金鳞般的水荡吗
见过那被顽皮孩子折断的芦苇吗
见过那低鸣着的清风流迹吗
见过那肮脏虚旷、被发锈的锁永远囚禁的天台吗

见过你自己那些虚幻真实的梦境吗

我见过
想过
梦过

我看着自己那热烈地跳动着、
在音乐沉浮里腐烂渐成艺术品的心脏
——那便是我的心事
我活着的意义与证明

爱梦者疯言

我几乎每晚都会做梦——各种各样的梦。

有清淡的人间小味，当一平凡女子在田间插秧的；有科幻奇特，当一超能力英雄预知未来、拯救世界的。

我梦见自己的出生、自己的死亡、自己的痛苦与欢喜；我梦见自己恋爱、交友、刻苦学习。我梦见自己是个纨绔子弟，家财万贯，万钟俸禄，亦与梦里熟识的家人共享天伦之乐；也梦到自己是个穷苦百姓，节衣缩食，风餐露宿，无人相伴，最终一人孤行于终。

在梦里，周边的环境可以是平平淡淡的古典老巷，也可以是赛博朋克风的未来世界；可以是破败不堪的土房茅屋，也可以是富丽堂皇的宫殿大厅……

在梦里，我可以是老人、小孩，男人、女人，甚至可以是一只昆虫、一个机器人或者上帝视角。我可以是医生、乞丐、老师、清洁工、科学家、流浪诗人……各式各样的职业。

在梦里，我可以是个天真幸福的小孩，自由自在地奔跑在无边草原上，想哭就哭、想笑就笑，所有人都惯着我；也可以是孤苦伶仃的游荡独者，梦见那个世界的好友死在我的面前，梦见漫无边际的夜路漫着死寂，梦见我疲惫的身躯就快撑不住灵魂的狰狞……

在梦里，我的经历可以是拯救世界，遏制了全球变暖、阻挡了巨型洪水或者加入了复仇者联盟；也可以是独自经营小家庭、小门店，在田间抑或楼宇间穿行，斜阳穿行，见平平淡淡、普普通通的生活与人……

我想我虔诚地爱着这样的梦境，也想继续梦下去！即使偶尔做噩梦把我吓醒，即使那会使我需要更多的时间去休息……可梦境实在过于真实，以至于我从来毫无察觉自己已换了个身份、换了个世界！

我从不认为梦境是假的——那是我与另一个世界联结的秘密通道！

每晚我都过着不同人的生活，感受不同人的心绪。我在每日入梦时诞下，在每日"清醒"时死去……

我该怎么形容这种感觉呢？我的梦境、我的朝死梦生！我想，那便是十年、活了千万种人生……

看云时

小雪的节气也是来了
人们说

可邈远的积雨云仍旧固执地浪荡着
还可以看见朱夏丢下的夏云边
那是他的流迹

想起
季夏的柏油路和煎锅无异
我便也是那匆忙赶路的蚁群
踮起脚尖的泰迪
旋转木马旁轰隆隆的机器
木讷着一圈圈地转
他的呻吟被欢快的乐曲质询

暮色欲临时
沉红微醺
颓然一叹间白云被吸进山里

群云消散之际
我总是会想起儿时的追问——
"白云那么大
那么浓
里面是不是也可以装一座天空城堡呢"

十年逝，我依旧爱着看云
看云时旧事浮沉皆上心头
便是过往迷离
记忆旖旎
所有的回忆云里雾里
似是水里看花
透雨见云

我是否还记得过往的事情
——所有的记忆都变得随意

看云时
我会想这些
会想——
是否现在,也是值得记录的节气

四季之变
揪扯着我便也向前了
可是实在不愿

云雾缱绻 看云时
我依旧会问自己——
为何记忆如此鬼迷
如今的浮华躁然,又是何时迷返

寂静似鲸

寂静像巨鲸进食般张开了他的血盆大口
他吞噬了我
却不将我细嚼慢咽
只是把那些杂碎如水般从他的牙缝间挤出
让他平凡的吞吐成为了我的洪流
席卷了这劳顿的世界与萎靡的我

看着曾经的视频
像是听到了尖锐的悲鸣
那是他鲸喷的时刻

流过的江水携着午夜的寥落涌向海的尽头
身在海里的寂静啊 也变得陈年老旧
群蝉在他的安魂曲里亦是累了而停止了演奏
江边呐喊的人们在他的纠葛间，于帐篷里入了梦

寂静吞噬了我
似鲸一般
他用轻纱制的围帐将我吊起
我呆立着
询问寂静的原因

一曝十寒的爱

一曝十寒的爱不如不爱
一边视而不见
一边殚精竭虑
还问你 那一曝的爱怎么没能把你灌满

生于自然，归于自然

　　人本就来源于自然，你左手的某个细胞也许和哪片叶子上的相似，你右手的某个分子也许和哪滴江水的成分有关。

　　人活着时，吃的自然孕育的果实，喝的自然酿的醇酒，踏在平凡却神圣的土地上，与自然共存，被自然裹挟。

　　人死后，身体的细胞被土地里的细菌微生物日复一日地点点稀释，化为这片土的一部分，变为自然的某个角落——再次融入自然里，成为自然的一部分——就像最开始来的时候，是回到最初始的地方。

　　人从自然来又回到自然去，也许人只是结束了以"人"存在的意识形态，所有的"人"都将回到这方热忱的土地里，回到代表着时间流逝的江河涌流里，回到这片濡养了无数所热爱的生命的自然里！

　　人类啊，一生一死、就是——生于自然，归于自然！

　　请不要一生仅为片刻的活着而挣扎。

124

青春童年忆

朝朝暮暮

日日夜夜

刷不完的题

做不完的作业

追不完的梦想

赶不完的时间

我的青春被锁在教室里

我的目光定格在七寸里

但还好

事实上没那么糟糕

疲钝时我会想起那年花开时的约定

倦怠时我会想起儿时树下写的信

我会想起小时候被父亲抱在怀里

温暖沁入身体

父亲唱着他最拿手的老歌带我听蝉鸣

我会好奇地指着星星

"爸爸，长大后我要当作家，这样就能把所有的美好装进笔里"

我会想起放学后的梧桐街头
我们挤在三平方米的杂货店里
"胖叔叔胖叔叔，给我来包辣条"
再欢蹦地边谈笑边在路上往嘴里塞
时不时会被同学嬉笑着抢走几根
再打闹一番

进家门前还要好好检查嘴角有无油渍
为防被发现偷吃
那便是我与父母"斗智斗勇"的日子
我会想起儿时的约定

"以后我们学校都考HF（英孚英语课程），这样我
们就能一直在一起学习啦"
多少天真的童言稚语
多少简单随意的拉钩算话
化为空谈后也融为永久的记忆

坐在教室里
目光游离在一行行黑板白字间
我会想起童年
想起嘉陵江的潮汛
想起周末家里香喷喷的午饭
会盼望
盼望有一天说的胡言乱语、

想的天马行空都能变为实际
无论是否真的要去追寻

最后
再低头
看向一道道题
我会想
——是的,我该做作业了

不一定拼死追功逐利才能成功
恬淡的日子只要每天自寻小乐
偶尔积蓄足够、大乐一场
你若有愿
便也能开出引人驻足的素雅花儿来

世间的美好总是越寻越多

天上的星星细数总是越数越多——世间的美好细感总是越寻越多

我是天地间的一缕轻风

我是天地间的一缕轻风
不晓浮尘
不念旧恶

如果我想追逐寰宇的星辰
我便吹得快一些
涌得忘乎所以些

如果我想看山看水
想潜进山涧与游鱼同行
或者翱翔上天又急速俯冲而下
挑逗某个正往庙宇小步快赶的僧人

我就盘桓在这个世界
在这个天地间
吹到哪就到哪静待逸事

我可以跟随着其他的风
漫无目的地游弋
也可以一意孤行

向山巅攀去
再顺带和氤氲的云层打个招呼
吵醒沉睡的翠鸟
叫它献一曲歌唱

如果、如果
我是天地间的一缕轻风
我可以吹狂得很快
也可以滞留得很慢
可以在风群里嬉戏
也可以孤身为梦赶路
我会追逐星辰、朝阳

并在追逐、仰望的过程中路过整个世界
欣赏我来的地方
我存在的地方

最后
我将淡入天地
化为雾霭

轻风啊
在停滞的那一刻就死了
死在四季花开遍野绚烂的刹那
死在世间最美好的自然之地

我想我是天地间的一缕轻风
在生命的尽头我将融入万物之间
直到哪天又被一旁欢乐的孩子唤醒
继续天地间的旅程

文字情感

壅塞的情绪在文字里蠕动着,多么强烈的言语在情感上都黯然失色。

是什么夺取了文字的脊背,是什么让文字只得佝偻着身躯行尸在这片世界的荒地?!

去除了情感的文字急切地低吟——它发不出声音,它看不见消弭……

没有文字的世界里,情感变得粗俗;没有文字的世界里,万物皆凋瑟不宁!

他们将其打碎,又将其拼凑,而其竟还需为这拼凑的灵魂心存感激?

抬头

其实夜晚的明星很多
人们不是忘了看
而是压根就没有抬头

看山

你在黑夜里看不见山
是因为山隐入了天海

你在白昼里看不见山
是因为你无心看山、山亦无心看你

坏星星与好星星

地上邪恶的坏星星把天上善良的好星星吃掉了

我的手撑在窗沿
我的身体使劲地向外倾斜
我俯下腰背尽力地转头向天上望去
"星星,星星!你看到星星了吗"
仿佛下一秒只要我跳出去
就能飞向星辰的方向

隐瞒

山的流迹越来越模糊，天地仿佛融在了一起，我被夹在中间，也一样变得稀疏——是不是从一开始我就坏点、自私点、任性点，会撒谎点，坚定点，就不会有这么多的起伏与波动，不会有这么多的自惭与无助——我凝望着渐而暗淡的天边，心里这么想着。

原来黑夜不是瞬间从哪一块儿就冒出一抹黑色，它原本下半部是红，然后上半部透出一丝蓝；蓝色越来越暗，越来越暗，一直暗到蓝灰色再向下侵蚀；直到天地间都变成灰色，再慢慢慢慢地变深、变黑。

恰似深陷黑暗的人们。

回光返照

  我"浪费"了一个小时去看落日,才终于知道原来每一次日落,夕阳都会从淡漠里绽放三次红色,每一次都比上一次更喑哑,更沉凝。
  太阳的轮廓越是清晰,它就越是到了每一天的垂暮之时。
  我的记忆越是明晰,我就越是到了一生的犹豫之时。

质问，对自己

蛰伏的人呐

你从未折服

因而何时、才能一鸣惊人呢

体育课

焦躁的心鼎沸着
滚烫的沸水在我的体内倾泻
它们淹没我的每一个器官、每一寸肌肤
我的每一个细胞都吮吸着
它们被灌满
膜层被挤裂
它们暴跳如雷
愤慨地赶走沸水

沸水疯狂地向外逃着
簇拥着

"坚持不下去休息会儿就好了"
我的细胞在欢呼
我的神经在抽动
我的每一丝意识都在发疯地狂舞
它们在抗议
它们在隆重地示威游行

不！不！
赶走那些沸水
它们冲压
赶走那些废水
它们尖叫

声音被大脑听到
便不再在意我的意见
让那些讹人的沸水都滚蛋吧
让这具疲惫的躯体就此沸腾吧

重拾日记

在陌生人的建议下重拾了写日记的兴趣。

告别纸张许久后下笔——写什么呢？粗黄的纸张不适合太过深奥的言语；我想写春风，写四野，写朦胧泪眼里的水花树雨。我望向窗外的江，总会有太多太多幻想与迷茫的思绪；我想着如何把四季装进笔里，如何把葱茏的遍野碾磨成浓黑的墨笔。

我下笔，停顿，又一横，再停顿，不知如何开篇的记忆就如断片的电影，何时被剪断的记忆我也无从查起。面对旧得如新的日记本，莫名的点滴被我嚼吧嚼吧杂糅成絮，融入世间最无价也最廉价的梦里。

写什么呢？

写什么呢？

有些问题我亦无人质询。

就从人人称谓的"从前"写起，写青春，写少年，最后再写到童年模糊的背影——我们奔跑、奔跑，我们欢笑、欢笑，不顾荡漾的心绪，不顾哭诉欢笑的结局——孩童就是爱尽兴，就是爱冒进！

日记，迷迷糊糊地写着、没有目的。四季啊，终于大寒冬汛，来年的记忆还在叹息，过往的回忆被如今的我、塞进破碎的纸里……

少年记

少年是最诚挚的名词
你无法用它去形容任何污秽的东西
年少的欢喜悲凉皆被少年的心绪无限放大
朝气、远志，铿锵、高亢
狂妄与自卑相互交杂
那是不管不顾的轻狂

只有在少年时
懵懂才能被称为清纯
只有在少年时
冒进才能被称为热爱
错过便再不见的年华
需要长大后数十年的时间弥补

当说谎的人够多
真相便失去了意义

一辈子困在一个地方，即便以后可以离开去更远的地方，也会再也没有勇气与心力了

究其终极，到底是性格塑造情感，还是情感塑造性格

创造与发现是一种天赋
是每个人平等的与生俱来的天赋
只是许多人的后天被消磨了

读小说

你以为我只是在看书,其实我在平行世界畅游

我不想明白我之外的世界
我只想先明白我自己

完美伪装

白漆的老房辨不出雪
黑红的心脏认不出血

清晨的嘉陵江

辰时的嘉陵江是锌灰的
世界惺忪的睡眼是朦胧的
每日的清晨都在酝酿一场鼎盛
那是在迷蒙间的重生

今日淡雅的云

淡雅的云不甚艳丽
我想我不会刻意添加它的鲜明
她的温文尔雅是她特有的美丽
没有火烧云的热烈
没有红轮的照映
她是黄昏最典雅的霓裳羽衣
只是在天边孤自地细语
——像一抹淡黄色的尘埃
诺诺地叹息

赛车

在这场漫漫长夜的博弈中
他们像一架架超速的职业赛车
在我脑内这片无尽的高速公路上横冲直撞

江边岁月

江边的一切都在变
朝露变为川河
草芥变为山峦
霞光变为来日
落红变为新春

江边的人也在变
年轻人搀扶着老人
老人慢慢地走
父母牵着儿女
儿女围着爷爷奶奶转
转啊转啊转啊转
时间也在玩秋千
转啊转啊转啊转
直到把所有的浮华都甩去

多少年后
依旧是父母牵着儿女
儿女围着爷爷奶奶转
也许还会多一条小狗

可变的是人
是活着的人
死去的人
是岁月蹉跎
是影像斑驳

曾经的爷爷奶奶变成了江河
如今的爷爷奶奶还在往前走
江边岁月里人显得如此不及
而那江自古始终慢慢地流

入冬

  冬天不是一年的结束，而是所有的事物归于终结后又开始酝酿新的生机——挺喜欢冬天这个季节的，虽然冷，虽然刺骨，但也并非人言的那么萧瑟凄寒；北方能看到飘雪，南方可以看到江云，都是恍若梦境里才会莅临的浪漫啊！冬天的一切仿佛都很慢，仿佛每一缕青烟每一片雪都要花费一整个冬天去消散——一切所愿似亦永朽，都还可以拥有很久、很久……

炊烟

嘘——小声点,地上的孤烟在和天上的云翳窃语呢

江边唯一还绿着的梧桐树

在这赤朽的世界里,你是吐绿的
在这万众沉吟的季节,你是无寂的
你拾起漫地枯黄装进自我的初春里
以江山间最赤诚的亮绿涂抹

在这暗自神伤的季节
世界默许了你的绽放
你背着所有败叶的指责
尽力吐芽

你是鲜妍
是挺立
是凋零失意里的最后一劲倔强

淡墨里透出的是那样迸发的新生
是那样不言的力量
只有结果、被你的努力与劳累无限放大

青春记

暮色沉沉浮浮
过往妄想的记忆也有些许像梦了
我不再期盼儿时的四季更迭
岁月也变得昏花
尚且年少的青春诉不尽曾经的遗憾
他们渴望的频频回眸也被人诟病

他们说
要向前
因为曾经妄想的记忆在追杀

栏杆上

"你在那干什么快点下来"
"等会"
"你在那干什么快点下来"
"嘘——你听"
……

"是蟋蟀的声音"
"它被誉为大自然的歌手"

"你相信人有来世吗"（我）
"我不相信，但我希望我相信；如果我相信的话就不会焦虑了"（父亲）
"如果有来世，我是说，假如很多年后我死去、在天堂——我会许愿下辈子当棵树"（我）
……

（毁氛围回答："哈哈被伐了当柴烧吗"）

惊艳他人的人生不一定能够惊艳自己
但能够惊艳自己的人生必定会惊艳他人
无论以何种方式

父亲总是告诉我——
"这个世界没你想得那么糟,
当然也没你想得那么好"
反过来也一样

如何形容孤独

我的躯壳里是一片森林
森林里有一方草茵
草茵上有一架钢琴
钢琴上有一支笔

矛盾的人

两根矛盾的神经连触在一起不会相互"感化",而是引发更严重的矛盾

（虽然那也只能算是从前的我了）

逃逸的流星

我要做颗逃逸的流星
浪荡在银河的边际
我穿梭在时间的抛物线里
反反复复反反复复地寻觅我向往的生命
我将飞速划过每颗星球上的眼眸
即便灼烧灰烬
也会被装进那些亿万生命、当夜的梦里

地上的野花

野花脏我不是不知道。可为何你不能先赞颂她孤寂的美丽,再轻声唤我放下,而不是直接一手拍掉。

能许愿的冰球

小时候每次同伙伴滑冰都喜欢背着工作人员偷偷用鞋上的冰刀去收集冰场的冰，然后再团成一个拳头大小的冰球扔向狭窄的角落——冰球撞击在浅棕的墙壁上宛若绽出无数颗"星星"，"星星"飞跃到地上，散成一片一片；我们轻踮脚尖，无聊趴在围栏边，目不转睛地望着"星星"化成"银河"，"银河"又消失在无形中。我们会许愿，会许愿下午能多玩会，许愿能被同意吃冰淇淋，或者等会还能去看个电影……

那时的我们是如此天真而诚挚地相信着，相信扔出的冰球真的能载着我们的小小愿望化作一颗颗流星滑落成真，相信着自己所相信的幻想的一切都可以成真——孩子零碎的小愿望剔透着，流淌在"银河"里、是无数颗闪烁的"星星"。

而前些日子我们又去滑冰，距上次滑冰已然过去一年多了——同样的冰场同样的鞋，同样的时间与"同样"的我们。

我不自觉地又滑到了以往扔冰球的那个角落。神奇的是，在同一个地方、我依旧看到了冰球融化的痕迹——那是一滩水。

没错，那是一滩水——
仅仅是一滩水……

诗鬼

　　弟弟会把我校服上的条纹说成轨道，会固执地走在人行道边缘说自己在探寻险地，会指着被缭绕云雾笼罩的月亮说月亮婆婆躲猫猫，会在被窝里钻来钻去说自己在挖掘隧道，会在大人骂 TMD 时好奇地说妈妈不在這里啊。

　　如果说李贺被称为"诗鬼"是因为他的比喻新颖强劲，才可以如此短暂的生命惊艳一代传人；那么每个牙牙学语的孩子便都是李贺，他们才刚认识这个世界，却明白并拥有了多少大人都学不来的怎么在比喻、想象里快乐、纯粹！

小时候，只是奔跑就会很快乐

　　我们撑着花花绿绿的卡通伞在落雨的傍晚奔跑，月色初露时是那样娇柔，藏着羞涩微微探头。我们手捧月光恣意地欢笑，争论月亮的家乡何处。现在想起来，小时候，只是走路、奔跑，就会很快乐……

孩子

时刻保持天真
时刻保持好奇
用成人的躯壳活得像个孩子
用清晰的头脑活得像个傻子

读书人都是诚实的

上学日常是匆忙，落下笔袋在家里也是偶尔会发生的灾难。我大跨步地飞奔在书包与校服间，远处看那便都是数学里奔向远方的动点。

我慌忙地冲进文具店，往日在收银台跷着个二郎腿刷抖音的阿姨今日反常地不在，而是一位坐在矮小木凳上两鬓斑白的老人。她脸上的皱纹也如木凳上的深色纹路一般，如她望着正值青春的学生们的无言，沉默地窝在老人干黄枯裂的皮肤上。

一边是奔跑着快迟到的学生，一边是在木凳上静坐着的老人，头顶参差的树荫似也把这画面巧妙地划分成了两截。我差点驻足凝目，手表上三十分的滴答声才猛然将我拉回现实。

我赶忙跑上前去轻声问老人黑笔哪里有，老人含笑给我指明了方向，我马上拿起一支黑笔打算付钱。平日我都是一次装几百块用上几个月，所以也就不清楚何时把钱用完了。

一翻书包，霎时一股尴尬的热潮直冲脑门："呃，钱怎么不够啊……"我喃喃自语。一支黑笔是十块钱，好巧不巧，我只带了一半，五块钱。

"钱不够吗？"一旁看街的老人突然说话了。

我为难地挠了挠头，脸被焦急与尴尬同时涨得通红，

165

小声地回了一声"嗯"。当时是初一，刚入校，学校里一个认识的人都没有，我又是慢热型的人，也不想去找同学借笔。一时手表滴答滴答的声音像是我被骂的倒计时——刚入学没几天就迟到还不带笔？！那可是太糟糕了！

正当我焦急地来回踱步，想着要不要干脆壮着胆子随便找个陌生人借钱时，老人驼着背，不紧不慢地走了过来继续说道："钱不够的话就先付五块吧，剩下的回头有时间了再给也行。"

"可是……"我低喃着还在思考要不要答应时，老人却泛着和蔼的笑容紧跟着说道：

"读书人啊，读书人都是诚实的。"

刹那间我是怔住的，可还有三分钟即要打响的上课铃却不容我思考。我放下五块便匆忙地就抓起笔去追赶"冲锋的号角"。

后来想起，我依旧佩服、感激并羡慕老人的信任，也更加害怕这样的老人会被世俗的谎言玷污——重要的不是五块钱，而是她那句纯出自然的话。应当不是每个"读书人"都会把钱真的还回来吧，她也一定被欺骗过吧？我这么想着。

她对读书人、对少年那一份毫无保留的信任是源自哪的呢，甚至只口头说了一句连账本也没记上！作为读书人的我却始终无法理解。

二日清晨，我刻意起早了点，将那五块钱，同时也是无价的信任付给了跷着二郎腿的女人。

喜欢

喜欢宁静的世界
喜欢在思考、热爱的溶液里
慢慢浸泡的自己

评判喜爱的书的方法

评判一本书是不是你真心喜爱的方法很简单——就是想想如果世间没有考试你还会享受地看它吗

真正的热爱

所谓的热爱爱的只是结果
过程都是在张扬结果时的附属品

真正的热爱爱的是过程
是知道自己在努力就会很高兴的事实

向前的方向

　　被规定的路是一条笔直干裂的马路，通向确定的方向与明晰的远方，有向前与向后的区别，有左有右，有所谓的歧路与倒退。

　　而热爱的路是一片广袤无际的美丽草原，你就是中心，没有所谓的方向，没有所谓的倒退与前进，每一个方向都是通向不确定却依旧让你向往的黎明，每个方向都是你在追求着在面对着的方向，无论向哪个方向迈出任何一步、都是向前的方向！

她心中的大床已经消失了

小时候睡小床的时候总是不能双手双脚叉开着躺睡——脚会直接伸到蚊帐外去,引来好几只嗡嗡的不速之客;手会直接打到墙壁,偶尔几次甚至把她疼醒了。女孩总是很羡慕父母的大床,躺在上面好像怎么打滚都不会滚下床去,还可以当蹦床使、蹦蹦跳跳的。所以她常常是吵着闹着要换大床,父母也只好惯着她的眼泪在小床旁草率地多搭了个平台,才终于让她停止了哭闹,现在可以叉拉着睡觉了,她心满意足,一直觉得想想就舒服。

但后来,搬家搬了一次又一次,她的床也一次比一次宽敞。她再也不用像儿时那样担心半夜从床上滚下来,再也不用担心做梦时拳打脚踢地打到墙壁被疼醒;她可以将身子彻底地舒展,可以上蹦下跳也不用担心撞到帐顶,可以以各种姿势舒服地睡觉,完全舒展也没有问题……

可当她最近的一次搬家,拥有了最大的一张床后,她才后知后觉地惊恐发现——原来她早已不再习惯叉开大躺的睡觉方式了,现在的她、只有抱着膝盖蜷缩成一团才能安心。

——女孩拥有了大床,心里的大床却再也不复存在了……

171

我仿佛一直在追寻着并恐惧着的记忆

交织的世界线是念念不忘的挂念
明明早已离开的人为我沙哑的呼喊止步
那鲜红的线上缀着不合时宜的花
它们在隆冬盛放
在季夏凋零
日复日
月复月
年复年
画面像电脑卡机般癫然地抽搐
剩下的日子里记忆、拥有的都是短暂的生命
死去又重生
重生又死去
不厌其烦地追寻

每次清晰的画面
是稀疏的新绿发芽在我枯黄的世界里
模糊的背影
错位的记忆
编织的结绳被截断在早早的暮夜里

回来吧

回来吧

迷途的人呐

记忆短暂得不足以你俯下身去用放大镜细细侦析

清晰后踏出的每一步都是你早已丧失在记忆里的

永恒的话题

双重思想

在人群里彷徨
在孤自时迷茫
既不热爱独处
也同样厌恶繁华
喜欢与人交谈
却又疲于听人敷衍
热衷于探寻过程
却又畏惧结果
被音符摆动
被文字牵引
向往未来的答案
却又不愿探索

同样程度地厌恶着热闹与宁静
同样程度地爱着努力与躺平
同样程度的轻浮与沉稳
同样程度的冷静与着急
同样程度地恐惧着独处与往来

不会前进

不会后退

同样程度地爱着死亡与生命

同样程度地爱着侵略与顺受

践踏与退缩并存

柔弱与强势并存

果决与寡断并存

分裂着

同样程度同样虔诚地祈祷每一个信仰

善派抑或所谓的邪恶都一样

同样程度地信任与排斥

同样程度地爱着并憎恶着这个世界

那兴许便是我

（半年后的回复：那兴许是从前的我）

习得性无助

我依偎着黑暗向光明求救
我蜷缩在光明向黑暗靠近

无题

失态辩驳是自卑的表现

冬至

冬至
重新死亡
重新出生
重新出发

青春的模样

一边追着远处的风
一边被喊看好脚下的路
还要时不时被要求回头望望走跑过的印记
停不下来的步伐与慌乱转换的视野
那便是青春的模样

天空与大地

云朵是大地向天空许下的愿望
落雨是天空给大地温柔的回信

将心比心

将心比心需要的不仅是想着对方想的事情，而是不论物质还是精神上的全面重新构造。

你若要将心比心一个孩子，你就得蹲下来看这个世界；你若要将心比心一个老人，你就得把每个关节都绑起来感受几天；你若要将心比心一只小狗，啊抱歉你不可能做到，因为你压根不明白他们的语言，如果你模仿、只会被当作神经病。你要模仿TA，你就得想象TA所处的环境，像TA的视角与TA的视线——不断告诉自己：我在想着TA的什么，我的生活环境怎么样，我的性格怎么样，我的表现怎么样……我就是TA！

你若不是本人，怎能做到将心比心？！怎么可能以不同的性格理解对方所想？！怎么有资格说出"我理解你的心情"？！

可即便如此，也不可能有完全的将心比心，即便被附身也是如此，人情就是如此地不相通。

假如所有人都陷入了同一天的循环

假如所有人都陷入了同一天的循环
假如所有人都在同一天的循环中干着同一件事
那便是令人发指的时光牢狱、无限死循环
假如所有的人都在同一天的循环中干着不同的事
那便是令人向往的青春永驻、时光不老

流星

  我本只是宇宙里某块不知名的石头,丑陋、渺小、坑坑洼洼,只因我开始奔跑,便从此望尽星河璀璨,拥有了被许愿与光芒的可能。

  可在我的视野里,我依旧还是块石头,被烈火包围、被空气灼烧,我一点点地被残害殆尽,也终不知丑陋的自己亦曾被万众仰望。

  如果可以,过路人,只相信第一句便足矣。

倾诉欲

　　以前经常觉得自己的性格是孤僻的，但后来才发现，其实大多数的人都是孤僻的，因为大多数的人都在隐藏，埋葬自己真实的一面，不愿透露给别人。
　　我曾一度觉得身边的少许同学浮躁肤浅，但后来才发现他们也和我一样憋了好多话。我只是在一个同学的朋友圈下问了句"怎么了"，手机顿时响个不停。
　　在这个慌乱的世界里，多数人的倾诉欲都被掩埋，埋葬在土里，还被说成是花儿开的养料。

青春与少年

要轻狂,要热烈,要勇敢地热爱,不然青春为何叫青春?不然少年如何称为少年?那正是青涩早春与怒放仲春完美的结合!

靠记忆存活

"为什么你那么喜欢写作与拍照"
"因为我靠记忆存活"

夜

　　夜的深海里,我是零碎的澄沙,无数次的沉淀与浑浊只因白昼的呼唤与结局。我啃食着夜的细语,爱它的无言与寂静。深海里,我是浮沉的石泥,被夜的安魂曲拥怀。白昼的巡查是一场艳丽残酷的爆炸,它 掀翻了我的深海,浑浊了我的缅怀——那是片本来清晰的倒影,被同样美丽的涟漪打乱,它撕碎了我的梦境,撕碎了夜埋藏着的最幽深的海峡。那谷里攀满的、皆是谧宁着的绝密……

夜行江畔

嘉陵江的潮水好似在我的身体里如每一根细小的血管般涌流,提线着我的向前

首先,是热爱出发

并不是说我想在江边待多久,而是仅在心向江边的土道上灵魂就会得以安放,兴起便行,兴毕便归,是否有结局并非重要,首先,是热爱出发。

孤独

时常会想
明明身边有很多人，但好像也只剩我一个人
仅是趴在栏杆边的时候，我就被一股潺潺的流水拥携，
思绪被江河抽离，理智被波涛掩埋

少年的犹疑

雨过豆蔻风满梢
风见青涩正猎猎
念年少轻狂多无虑
叹今何愁苦浪掩孤舟

朦胧的感觉

"就有时候吧，真的就是一种感觉，一种直觉，一种无法用理性的思维或者什么公式套用的感受。就像是我听到一首很熟悉的歌，但实际上我是第一次听它，可我就是觉得它很熟悉，我会感到一盆水浇在我的头上的感觉，笼罩打湿我。不是说被水浇湿和听到熟悉音乐有什么可以表达、可以言传的必然联系或是什么相同点，那就是一种直觉，就是一种它们感觉上是一样的直觉！是听到音乐后瞬时就类比到的感受！没有原因，没有理由。"

江边碎记

　　江边的岁月总是无限将我向从前拉扯，似是儿时玩的橡皮泥，无岸无边。我一直想着在哪个属于少年疯狂的夜晚，我可以坐在江边的鹅卵石堆里，就望着银白如圣光的江河潮起潮落，待初日的第一束橙红玫瑰以天地赠予——朝霞从叶的罅隙里将我救赎！

唱

周五时学校举行线上元旦晚会，有些同学大胆地报名独唱，有温柔婉转的慢歌与激烈的说唱。我在屏幕前打心底地羡慕，犹记儿时坚持最久的一个梦想就是唱歌（如今坚持最久的是写作），可由于身边人的嘲笑越来越自卑，直到站在人们面前就会顿时变成哑巴，直冒冷汗，一句话也呕不出来。

前天晚会时，老师说这可能是初中最后一次能给同学唱歌表演的机会了，叫我们一定要把握住——

我好想报名。

可最终还是撤回了那条消息。从小到大的畏惧好似早已印刻在了我的心底，那是皲裂的大地，裂开的是热爱与勇气的潮流。我在这头，歌唱在那头，我们中间是一整道不可逾越的十年。

现在，我也没以前那么跑调了，唱歌不自夸地说真的好了许多，虽然依旧不算好听。

可即便如此，热爱早被消磨，我没有抓住这次机会，也没有抓住从前的机会——

真的再也回不到过去了。

从前

江的纹路是时而清晰时而混沌的,我的神志亦是时而清醒时而殄沌的

致某夜哭泣的自己

当一个人因一件事很悲伤时,她多半不是单纯地因那一件事悲伤,而是那一件悲伤的事让她想起了无数曾经本已过去、淡忘的悲伤的记忆。

晨鸟的鸣叫

最近晨鸟鸣叫的种类多了，这鸟一句那鸟一句，跟人一般有沙哑的烟嗓和尖锐的萝莉音还有娇嫩的娃娃音，甚至还有会弹舌的，怕不是俄罗斯那儿长途迁徙来的鸟吧（哈哈）。我都佩服我的想象力，江边那一岸的梧桐莫不就是它们安居的家，街坊邻里有大嗓门的大妈和欢耍的小朋友们。这个阳台来一句："喂！今天白菜几块钱一斤啊（今天虫子好不好抓啊）？"那边答一句："涨价了咧，不划算不划算，过个几天再买吧（冬天的虫子不怎么活动呢，困难啊）！"然后笑声一片，唤醒我这个被清晨罚迟到的睡梦人。邻居望着邻居，它们的楼宇随风摆动，是否多少年前的上辈子我也是它们的一员呢！也对，若鸟不得像人，那人叨唠时又怎么会被说成"叽叽喳喳"呢（笑）？

被藏在山间的人们

　　被藏在山间的人们啊，从这楼的天台仰视着那楼的大厅；交错纵横的车道是夜间泛着茶白的绳结。

　　被藏在山间的人们啊，把天上的星辰拾给了大地，把最美的璀璨镶嵌在楼宇的错落里。

　　大地张开了他的双臂，从此河道交汇分叉，被藏在山间的人们啊，在这条江的一岸望着那条江的对岸；激荡的水流是永在少年时的古迹，解愠的熏风亦是随它长久地抚慰。

　　被藏在山间的人们啊，在一连接着一连的山丘间相互眺望；大地是一片凝固的海，时时涌着山的波浪。

　　在这里，你会爱上脱离秩序的楼房，会惊叹于矮山之上的几溪淡云，繁华的街道与静谧的山峦相互倚靠，每夜的清风都是它们之间永恒的传信人。

　　没有井字的布局，没有一眼望到底的道路——山是活的，路是活的，江是活的，熙攘的热闹是活的，他们无序而激昂得似是自身在安排着自己的归地；天宇开霁之时，这片大地是上天曝晒米粟的簸箕，用来烘烤阳光，酿出冬日的暖。

　　这就是被藏在山间的人们的浪漫，这里是重庆，是我的家乡，我永远爱着的土地！

看江

  每次看江时都有一种词不达意的怅惘。好似我在不停息地辗转着死去,又不停息地辗转着重生。一切明晰的思想都被抽丝剥茧,拉扯着飘向不断延伸的彼方。

童年消散的记忆

　　小时候我痴迷于《哈利·波特》里的故事，会傻傻地期盼自己也能拥有魔法；小时候我会花上一整天的时间在小区里瞎转悠，想着哪天所有的黄桷树都苏醒过来可以同我一起玩耍。我是如此相信童话书里的奇迹，坚定地相信着在世界某个不知名的角落有一群快乐生活的小矮人，在哪个未被发现的世界里有幸福生活的公主与王子，在哪个不确定的未来我也会收到迟到的霍格沃茨录取通知书。小时候的期盼简单得渺小，天马行空也可爱自然，我会因没有收到圣诞老人的礼物而闷闷不乐上一天，只因我是如此如此地相信，相信圣诞老人，相信童话，相信魔法，相信一切美好的事情的存在。

　　可当我长大，我发现其他人相信的都是财富与权力，儿时纯真的向往似也被玷污，那是一滴浑浊的泥水点开潺潺的篇章，轻触着，肮脏在渲染。儿时的幻想被埋葬，童年的记忆开始流浪，我时常怅惘地趴在窗前看江，不可遏制的烟云笼罩清明的当空。

　　即便说服自己相信也再难达成，那是怎样的惋惜？

　　可他，不同于其他无趣的人说着"人要长大"的词句，如果树木不再言语，那是它们沉默的爱早已刻在了你每一个细胞里；如果童话不再真实，那是你的向往早已融化在了同样值得憧憬的未来里，你要追寻，觅索那藏在未来里关于童话丢失的记忆；如果美好的事物不再被相信，不要害怕，孩子，所有的繁华绚烂都早已静驻在你的心底，它们每时每刻都在花开，每时每刻都在凋零，因而滋润着你的生命。

　　童年啊，是幻想的记忆，虚无缥缈得好似不曾存在经历。可一切从不曾消散，期望不曾迷行，那些记忆，那些经历，那些美好的事情。树上望月的经历，俯身细语的记忆，还有雨中奔跑的撒野——轻狂的少年不曾逝去，漫溢的憧憬依旧充斥、依旧烂漫！

　　那孩童少年放肆的爱呀，依旧给予着包括自然我爱的所有，所有！

错

这个世界没有错,任何个体也没有错,只是个体之间的差别产生了磨合上的错误

我和冬天一同告别你

春风送来了冬季告别的书信
我典藏着这份文笔
也想让风帮我赠予你

迷茫的反复

为制造迷茫而努力，为解除迷茫而前行
反反复复
总有些事物既支撑我的前行又阻挡我的坚持

致某人

　　就好像我们都要坐上同一个方向的列车，到达同一个路途的尽头，去到同一个向往的终点，只可惜在车站、我错过了你，你错过了我，即便我们有如此之多的共同点，坐上的也是不同时段、不同班次的火车……

　　我们，在一切结束之前都不会再遇。

近视

除去无趣的棱角,留下绚烂的光点与晕影

成全

大寒的雪自杀了,遗书是:但愿我的离开,会让你和更和暖的阳光生死与共

我的善恶论

无论是虐待他人还是帮助他人
无论是嫉妒生怒还是由衷赞叹
几乎所有人性里好的坏的都是人与生俱来的
没有什么人性本善
也没有什么人性本恶
人生来属于混沌的天地
自我也是混沌的
那是一块搅拌未匀的调色盘
只是随着时间推移
不同人喜欢的颜色不同罢了

（否则人在危急关头怎么会本能地同时团结一致也互相伤害）

晨曦的海

晨曦的海少了那一片绀蓝
却多了一抹海天一色的天蓝
天空也像施了法阵的土壤
庇佑着这片孩子般的海

齐头并进

单靠一股海浪的力是不够的,浪也会相互抵消,只有在两股浪齐头并进时才会湿润最远、最高的沙滩。

人亦如是。

夜间看海

一直顺着在黑夜里明烁又仿佛无尽的浮标向前游——我能到达，属于我的彼岸吗

搭城堡

海边搭起属于自己的小小城堡
夜至潮起
沙石携着碎钻随层层浪涛而去
沙墙散了
我呆滞地凝望着
儿时记忆的那堵城墙也倒了

怪相

以前人们说的都是
这画面真真实,跟现实似的
现在人们说的都是
这画面真漂亮,跟游戏似的

活出电影的美感

电影的美感和现实区别何在
无非是 BGM、滤镜与独白
所以我只需要自言自语
一个人思考
戴上耳机
再想象一片五彩斑斓的色调
我就是电影的主人公啦

致某人

你是风送来的一书信,于炙火焚毁成尘;你的喧妍与凋谢是被我粉饰的结局,是被那尘封、掩埋的虚迷

红枫

红枫不会在春季凋零

有的爱本是灿烂

却常是绽放在了错误的节气

催化剂

网络不是显形剂,而是催化剂
它使善良的人更善良,使丑恶的人更丑恶

怪想

预售的快乐到期了,我排在第一位,却没抢到货(托腮思考)

逃离的情绪

我的情绪好似早已脱离了我的身体
我把它们攥在手里
捧在怀中
我感受到它们却又接近陌生
像抱着别人的礼物
欣赏自己的心楚
我试图用文字追逐
寻找它们逃离途上中弹——
遗留的血迹

昼夜

白昼是随地扔垃圾的不良游客
傲慢无礼地说三道四
暮夜是彻日劳作的清苦劳工
回收着白昼的哀怨

思念的痕迹

我努力试着让自己的思念不留痕迹,奈何过往尸横遍野,思念的白布怎么也遮掩不尽

我的过去与未来

　　踌躇间，周天的我又茫然地走向了阅览室——书室终归是整齐了，却锁上了厚重的铁链。白色的纱窗被另一面的光芒染为金丝。也许是周末方才有孩子来考试，我仿佛还能恍见他们的影子，与周五蜷缩在墙角的那个我。窗棂捧着蜿蜒的思绪，将霞光分割成块，周五的我已经死了，每一天我都是新生的个体，每一晚都是我生死交替的畛域。鸟鸣混着楼下合唱队练唱的歌声悠扬地融入成排竹间——
　　风过摇曳，动摇了林间落日的步伐。像是无数个正走向另一面的身影，重重叠叠、待着旭阳。
　　生死之间，光影憧憧，行客踽踽。
　　我蹲在石柱旁默默记着，随性、无趣，也不知初始是被什么吸引了注意。我在干什么？也许和周五依旧是相同的答案——我在等一个人。却又和周五已是大相径庭——我在等一个人，她扎着马尾辫，戴着粉红的眼镜；总是欢蹦乱跳地一人走在人群之后，总是东张西望搞得自己满身是伤；她总是带着个随身携带的本子，总是在同学打闹时一人在角落记着故事；她总是沉浸在自己的幻境，并为此做了场十年之梦……
　　我在等一个人。

而且,我已经忘记了太多……便再没有资格去评判过去的自己。

也不需要再去评判过去好久,亦难定事情是否值得了…… 致曾经懵懂的我。

一直这样就好了

有时细致品味，好似最简单的幸福都能让我热泪盈眶——家人的安康，弟弟的笑颜，朋友短暂的一次洽谈，即便是偶尔余光里呼啸而过的夕阳在静心品味后也令人如此珍惜——一直这样就好了，不需要太多，一直这样就好了……

生命与热爱

总有人说，人生很短、很短，恍然间便飘忽地过了。可我却更愿意把人生想得很长，就像如今我们这个年龄的少年总是会焦虑的中考一样——考完这场试后还有很长的路，经历完这场风浪后我们依旧要继续扬帆，中考后无论何地也依旧会一直学习。未来的路啊，还很长、很长，我可以把它过得更充实，也愿意把每天过得更"长"。

生命与热爱，是我那不灭的晚霞，不仅今日所见，更是无数个傍晚奔跑间掠过的余光，燃烧一路繁华灼灼！不言孤寂又或相伴同行，不言结局是否花开成果，早已酝酿好的憧憬与希望于一开始便充溢了这场征程，从我第一次认真地欣赏那一抹微光开始，从我第一次明白寂寥的滋味开始，从我第一次认真对待某一场考试开始……还有许多许多的起程与终点，永不停止。

我的梦啊，我的青春，是从过去到未来，朦胧的颂歌；唱着，在那转瞬即逝的云散后、也不会离去。

置顶

置顶越来越少,相伴的人越来越少,许多路、最终还是得一人去走

享受当下

戴上几年前的眼镜,才发现只要看近处、世界便不是模糊的

年少的悸动

  年少的悸动总是莫名其妙地忽隐忽现,像遍地花开或短或长,也许能永垂不朽,也许仅在某一刻便恍然凋零;但绽放的余香与落红却会永远地流转在心间的那一片土壤,隐秘或是鲜明,筑下永远美丽的花墓。

相白首的爱情

相白首的爱情如同静湖旁的那一弯老树,光秃的枝干显得空白,却撑起了一派风景黯然间的烂漫

在崩塌中重建

我毁灭自己
同时我也拯救自己
我永远在崩塌中重建

过去是否值得

小学六年级时因《流浪地球》的播出而开始特别沉迷于科幻小说，自己也想写，提起笔就在一本崭新的作文本上写起来。孩童的兴致常是猛然高涨，况且写作也不是我的三分热度。正值疫情初到，我们都被锁在了家里，空余的时间便成了我在科幻世界的幻游。

一章五千字，每周都写一万字左右，在书房里一待待上一下午也不觉劳累，一个月拼拼凑凑地竟写成了三万余字。

那时的我也不顾字迹的丑陋，只觉暗暗欣喜，随后和老爸谈起此事，还把作文本给他看。老爸草草地略看了一番，不到一分钟又把本子放到了一角，只是皱了皱眉头说我还太小，什么科学知识的基础都没有，是写不了科幻小说的，并让我不要再写了。

犹记当时我十分气愤，不满地反驳了一番就回房间锁上了门。

其实吧，现在回过头去翻那本小说，着实是无厘头的，讲的是我的一个梦，就好像把杂七杂八的科幻片胡乱地糅在了一起，也像梦一般荒诞无序。

可这能证明老爸当时说的就是正确的吗？是不

是那股冲劲压根就不值得我在上面耗时间呢？即便如今的我也明白了当时的不足，明白了我着实能力欠缺，我依旧不以为然。

想写、想表达是那时的我想干的事情，是那时的我做出的选择，觉得写得不好、觉得情节杂乱是如今我的想法，是如今我的判断。可是，最开始决定要写的人是那时的我，着手就写的也是那时的我，如今的我已经不是那时的我了，那时的我也不会知晓如今我的想法，如今的我对那时的我的记忆也已然暗淡——我又有什么资格去定义值得与否呢。

因为啊，如果当时我没写，如今的我也会为那时的我感到不快惋惜，一腔热血如此被浇灭，如今的我也会无法忘记——无论做出什么选择，无论干什么都会有遗憾，都会思考值不值得，都会得不到想要的答案。但是啊，那时的我写了，不仅写了，还写得让那时的我很满意，也很高兴！那就足够了，足够了，如今的我也拥有了如此别样的经历——那就足够了。

既然于如今的我大无损害，那只要当时、那一刻、那一段时间在那时的我的世界里是正确的，不论如今我的见解，一切就足够了。

而且,我已经忘记了太多……便再没有资格去评判过去的自己。

也不需要再去评判过去好久,亦难定事情是否值得了……致曾经懵懂的我。

中考

数着夜的倒数
一页页掉落的日历
发酵的空气里攥着打碎的沙漏
细碎的粒粒时间被失手遗弃

你说
未知的黎明不值得期盼
我则愿在夜里静候
只妄想把夜涂鸦
倒转世界的沙漏

讨厌每次老师口中的差强人意
你总说一切尚且花开未果
可时间不多
孩子
请放肆去逐

日常杂记

喜欢戴上耳机听着随机播放的乐曲，在人来人往的街道上慢悠悠地走着，毫无目的。也不知道接下来要干什么，只是看着过路行人就会很开心，只是像孩子一样寻着花草就会感到很新奇。

你准备一直生活在重庆吗

你准备一直生活在重庆吗（朋友）

嗯
我喜欢重庆高低错落的山
像孩子向往的山野的感觉
也许大人会因坡路难走而埋怨
但孩子不会
上坡时他们会比赛谁先到达山顶
下坡时他们会兴奋地冲下去
我想永远当自己的"孩子"
而且就像刚才说的嘛
我是个怀旧的人（我）

我也想待在重庆（朋友）
有情感（我）

是的
但是不知道我的后辈是不是想待在重庆
我想为他创造更好的条件（朋友）

我都不知道我还有后辈吗哈哈
我不会想那么多的
我现在想留在重庆是我想,我以后会考虑什么是以后的事,只要我本质想留的渴望不变,我还是会留的(我)

每个人的追求不一样(朋友)

活着的意义

有时也觉得生命没什么
没老一辈口中说得那么高大上

说是梦想
说是有多远大的志向
我也只是跟着社会的洪流孤独地流着
如今的世界里
随波逐流渐渐不再是贬义词
也许只是在因网络而交流更加频繁的社会里害怕被鄙
夷，也恐惧遇不到同行的友人
更畏惧犯错

有人说
人活着就是不断地试错又改正
跌倒又爬起前进

可我毕竟不是世界的主角
更没有热血动漫里主人公那股意志坚定的劲
如果我的人生永远在试错
迟早会把我自己试死

有些错犯不得
有些跤也摔不了

那
人活着的意义到底是什么呢

我想我也是为知道这个问题的答案而活着
不同的人也有不同答案吧
不会被定义的问题
不是干巴巴的数据可以回答的

对于我来说
那就像自问随波逐流到底算不算贬义词呢
我不知道
可我想知道
所以我要活着

（半年后的回复：请为自己追寻的谜底而热爱地、努力地活着）

我携风与雪向前

有时候,我就想任风如此吹过
即便期盼了许久重庆的雪
也不像许多人装在袋子里带走

风是属于天空的
雪是属于高山的
不能因我的热爱夺取它们的归属

我想站在山间
让风掠过我的发梢
让雪化在我的指尖

我是想和它们说:
我爱你们的一切
可我不想窃取你们的任何

我会张开双臂
随由你们掠过

可假使你们也发自内心地愿意

亦可以小憩在我的肩膀
栖息在我衣服浅浅的口袋里

假使你们也想摆脱宿命去看更大的世界
我会带你们向前
去更远更远
兴许我都未曾见过的彼苍

降调

  最近爱上了降调的舒缓，像 seto 还有不少人皆有耳闻的 Kiiu_（两个降调制作博主）。怎么说呢，也许是人们口中比喻的柔情似水的那个人，甜润却无腻感。

  乐调笼罩着颤动着的世界里，人们像沉底的游鱼，独行的汽车在无尽戈壁上驰骋。我把自己埋在河底，舒缓的乐曲便是那冉冉涟漪。

  看似随便的取名，听不懂的情感与探不透的心绪。想是你正问我在感叹何物？我答非所问："嗯……"

  假如降调迟缓下的节奏是这片我爱的土地，我便是永远守候的海——我在降调里缓慢地洄游，在期盼的未来里激浪。

  按着随机播放的按钮，不知晓下一秒的音调，会是枯槁还是生机，像我望向的远方一样值得玩闹地揣摩。

  降调里，我与每一分的音律一同放缓。

  动作放缓，心绪放缓，情感放缓……

  就像里面藏着的故事，Kiiu_ 的故事，千千万万以音乐为河，在河里凝望漫天潋滟的人们——他们的故事、我的故事，因放缓而延长了生命期的追忆。

记不住的、留不下的，镌刻在刹那间停滞的歌词间。

　　抓不住的时光啊，我在我爱着的降调里回叹——所有我曾经留下的足迹，都将烙在我无形中爱着的一切里。

梦境戒断反应

　　我果然还是不适合做美梦,醒来刹那的失落感永远让我无所适从。

调控情绪而非控制情绪

我的情绪是身体里的一股洪流,时而汹涌湍急,时而静缓满流;它时而在腿部,时而在胸口,时而在脑后;时刻变换着颜色,时刻奔进。

假使我强行在其中砌上一堵破败的高墙,洪流会堆积于此、挤压于此,继而冲破烂墙或水漫金山般把墙与我同时吞没。

假使我固执在其中筑上一堵坚若磐石、无尽的墙,洪流会永生停滞于此,压抑我的思绪我的一切,在通往死亡的路上毁灭我。

假使我自愿修筑一条水道,让洪流在身体各部均匀地淌,不论水是否湍急,是否存有邪恶的颜色,是静滞或干涸,它终归是由我的整个身体承担,而非某一部位——否则,一个人、终究会被自己的那股洪流淹死或堵死。

为什么你不能看见我呢

"这里的景色好美"
"这有啥好看的,快走了。"

"你看这篇文字好有情感!"
"你太多愁善感了吧。"

"快看我写的新文章!"
"你写得这也太阴暗了吧。"
……

"你每次都……"
"你真的有点矫情了,经历得太少。"
"……"

——不满,都是藏在细节里的
也许多数人之间没有太多大的争吵
可就是如此渐渐地远了

最喜欢的英文单词

Serendipity

意为情有独钟,命中注定

我们的相遇永远不是机缘巧合,而是天地于千百年前就蓄谋已久的命中注定

同时,它也是我最好的朋友之一的网名

角度

太阳都是同一个太阳,但看的地方不同看到的太阳也不同
问题都是同一个问题,但所在立场不同得到的答案也不同
正确与否,终归还是只取决于——"角度"

世界的颜色

在老树的眼里,万物盛绿的世界是美丽的
在牡丹的眼里,万物艳红的世界是美丽的
在杂石的眼里,万物银白的世界是美丽的
兴许于我来说,浅淡的世界才更有韵味
而于你来说,却甚爱鲜妍
可这世界到底是什么颜色的呢
谁也说不清楚

在书店里醒来

在书店惺忪睁眼刹那
整个世界仿佛都抹去了半数色彩

留下最鲜明的、不受棱角限制的流体
鲜明的色彩在流动
像我看这个世界一般
同梵高的星空齐名
混沌依稀

这种怎么感觉有点恋爱脑呢
如果真像她说的这样,那这个男人就是不爱她啊
为啥还有纠缠呢
唉她陷进去太深了

因为后知后觉嘛,那男生成绩很好,经常给她辅导功
课,自然就喜欢上了,谁不喜欢能细心给自己辅导功
课的男生呢是吧,但抛开这个不说,那男的确实渣
因为曾经有美好的回忆
所以即便后来发现对方不是值得的人
也会感到痛惜

我觉得这句话真是说到我心上了
哈哈

在失去之前从未想过会失去之人才是真正令人痛惜的

黄昏时分

傍晚时分的房间恣意弥漫着慵懒的气息,时间亦被无意拽住了尾巴、无限拉长

emo 的江河

晨曦的江畔总是泛滥着一层淡淡的蓝色调

到中午时便渐绿了

难道江河也喜爱在早晨 emo 吗,哈哈

一起听音乐

和每个隐身听音乐的人告别后总是会莫名地失落
惋惜
为什么呢
明明只是素不相识
甚至相隔百里的陌生人
也许是相似的音乐爱好……看到相似度高达百分之
九十几时还是因我如此渴望着相通的灵魂

中和

　　最近发现好像许多正反极端的话语中和一下便能成为真理——

　　像"自知之明式自信""摆烂式奋斗"等，大概就是我追寻的状态吧。许多事物没有正确与否，极端即为错！万事万物都应有相克之物，正反两面的观念也并非矛盾，反而应是中和之后才会成为最好的，或说"适合的"。

支付密码

手机的支付密码在很早前设成了一个人的生日
不是我自己的
好久之后好像对那个人没多大印象了
却再也不想换密码了
以前,是因为依旧怀念那个人
如今,也仅是因为用久了而不想再变了

春季枯黄的黄桷树

每棵黄桷树都有独属于它的四季
而这个春天是专为它定制的秋季

新的景色

好像即便是同一条江,同一条路,和不同的人一起走,在不同的心情下,沉睡在不同的季节里,好像永远都能发现新的景色

林间漫步

在林间漫步时，时间仿佛永远可以为我慢下半拍，
一上午优哉游哉地被无限拉长
爱上一个人在林荫小道听着音乐、随意走着，放声
歌唱的感觉

对的，永远都是对的

"对的，永远都是对的。"——《人生路不熟》

总有些人，怯懦、弱小，却又有强大的勇气与倔劲与世界的规则抗衡。

前几日和老爸谈天时无意提起："人生就是麻烦越少越好。"今天看了《人生路不熟》后我想补充一下几日前不完美的观点——麻烦少的人生是舒适的，但有时候，在舒适与正确的路间也应选择正确的道路，人不能冲动、冒进，但无论什么年龄都理应有点血性与冲劲！

干正确的事，即便会招来麻烦。

四季咖啡

  在江边无人的角落里也坐落着温暖的小庆幸，点上一杯咖啡又或些许小食静坐于小巧温馨的四季咖啡店里，听江语闻鸟啼，思绪随江潮翻涌。

向往的生活

我所向往的未来是某一天我不再需要记住太多事物
也能自在地生活

你的落寞是什么

我的相册里挤满了他人、风景
却总是没有我自己

一人的江畔

我似乎总是有很多语言能去安慰我在乎的人
却不知如何安慰失落的自己

与一陌生人的对话

简单说人是守不住秘密的

是啊,不过那个秘密我还是独自守了三年,直到遇见第一个志同道合的人

什么样的是志同道合的

对于我来说是三观相似、爱好相似、能力相似吧,不同人也许有不同的判定标准

随着时间推移,都会变的

至少此时此刻未变就足矣了
以后变不变是以后的事

荒诞

当学校唯一我视为朋友的同学告诉我他有抑郁焦虑倾向时
我没有说一句话
只是顿了片刻
视线木讷地凝向地板
默默地说道

"哦"

他也迟钝了片刻
如往常一样笑着和我交谈

他是个很爱笑的男孩
是个人品很好的男孩
我花半年改变了自己对成绩的歧视才和他成为朋友

听到那条消息时
我似乎没有太惊讶
好像是好久好久以前就早已被剧透的结局

沉默代替了我的言语
灵魂被外力抽离

是的
我沉默了片刻
也笑了
像往常一样和他洽谈
什么都不会变
我们什么都不会变
还是玩笑着谈天

只是啊
他笑着说出那句话
我感觉整个世界
都如此荒诞

同友在江边夜行

我仿佛穿越了无尽的黑暗
像盲人般摸索前行
不分黑夜白昼
只因都是如此地不知所措

我仿佛踉跄地走了好长的夜路
时刻警惕周边的事物:
叶、花、草
都是能杀死我的利器

我仿佛一直在寻觅、寻觅
渴望找到一个同样失明的正常人——
然后我在夜的尽头往后张望
发现脆弱的黎明正在过去的夜晚里喘息

绚烂的
生活的
跳跃的
像是那最真实最艳丽的火苗
在黑夜的吞噬下舞动着

我妄想
重新走回黑暗
围在火旁
任其灼烧
热烈
奔放

让我的身躯化作阵阵烈焰
让我的灵魂进驻在内焰的中央
燃烧着,却是如此冰冷
拥抱着,却是如此无力

尽情地索取吧
美丽的火焰
拿去我一切的情绪吧
我愿你走向光明
同我一起

即便彼时光明里的你不再耀眼
我亦会在你的新生里看到真正的黎明

老墙的伙伴

窗帘为布外的霞光留了条密道
蜿蜒的风将微亮邀进屋里
欢呼雀跃着
在狭窄的空间替昏黄的老墙找了个伴

逝去的公园

公园里无尽琐细的芳菲回环而过
惶恐的是突然冲出的滑板车
惶恐的是迷路小孩的大哭啜泣
迷离于繁杂的草丛与石路间
——我是否属于这里
寻找到潭里慌张的小蝌蚪
雨里,风下,你们也被乳白的云朵排挤了吗
也是身为被抛弃的稚童,在角落啼哭吗

成长

虚旷寂冷的惨白在晕染
黑板上擦不去的痕迹是心中永恒的沟壑
山麓下的孩子跑来了
一路攀登
他们的回音消散在崎岖的山谷中
他们的奔跑被切分成无数方正碎块
散落一山烂漫

醒着的梦

是旋转而下的余晖浓烈了
是焰焰的枫红飘转了
是我在这尘封的跳跃的节拍器中
渐而失去了节奏
灵魂随音律战栗
肉体随遥远梦境的矢志坠落

毕业

毕业时有一种追了好久的动漫突然完结的感觉
霎时的落差感使人失意
——后面的故事 我们已无从知晓了

更高的要求

不断有更高的要求
并能承住压力努力争取的
叫上进

不断有更高的要求
却只会远远观望怨天尤人的
叫贪婪

哭

小时候我很爱哭
基本上没有哪天是不哭的
随便遇到点小事第一反应就是哭
有天晚上
我失眠了
和网友倾诉了好久
——眼泪真的流不出来了
我只是木讷地蜷缩在床上
木讷地听着同一首音乐一遍遍
一遍遍地重复播放
重复了有不下五十次

后来的后来
原本那哭哭啼啼、懦弱畏缩的我愈发模糊虚假
后来的后来

我真正地活成了曾经自己伪装的模样
不再被小小的负面情绪困扰
不过,还是习惯于一个人承担潮涌的情绪

只是偶尔
会想起从前
便会恍惚觉得如今的一切很不真实

——现在的我
是真实的我
还是伪装的我

我
好像已经分不清了

小熊玩偶

有时感觉周边的一切仿佛都是一场梦
也许某天一觉醒来
会发现自己正躺在儿时的小熊玩偶怀里

一个面具戴久了会嵌进肉里

小时候很爱穿裙子
嗯……算是那种很喜欢各式裙子,尤其淡粉
做事温文尔雅、喜欢精心打扮的小女孩吧
记得六岁一天穿着最喜欢的公主裙开心地出门
一个老太太走过来笑眯眯地说
"呀,这是谁家的小公主啊"
心里乐开了花

可后来因为一些事情
主观想塑造别人眼里女汉子的形象
便很少再穿裙子
几乎是从很小时便强行改变了自己天生的性格
向着完全相反的模样

后来
我真的活成了曾经伪装的模样
满足了儿时自己与家人的期望
身边的所有人都觉得我像个男孩子一样
不拘小节
大大咧咧

某天路过商场的一家门店时
我看见曾经很喜欢的一条裙子
明明很久很久没穿过了
却还是有买的冲动

我不知为什么
只是遵从了自己的内心买下了
第一天我很高兴地穿上了
朋友说："啊，你还穿这种裙子啊
好怪哎，一点都不适合你"

仿佛突然间想到什么
一股呕吐感涌上心头
头晕目眩
浑身上下的每一个细胞都如同排斥着这一身衣着

我连忙说回去换个衣服
慌乱地跑回家
像是有什么罪恶感似的
把曾经最喜欢的裙子塞进最隐蔽
最底层的衣柜
——再也没有穿过

那一刹那
我突然意识到
原来一个面具戴久了，真的会嵌进肉里

影子

对影成三人的夜晚终于不怕一个人啦
时而缓急的车驰过
我向前着
我的影子倒退着

失眠

每一场失眠的夜晚都是一次短暂的时空旅行

和朋友在江边

忽然知晓"天与云与山与水,上下一白"的意境何在了。

古有张岱独往湖心亭看雪思故国,今有好友相逢同游嘉陵江忆往昔,亦有一猫相随一路——陌路野猫,实在有缘。

我的学校,是位过于严苛的父亲

我的学校
大概就像位过于严苛的父亲吧
有着重庆地狱的学校称号

我恨他的苛求、恨他的逼迫
恨他从来不留余地地驱赶着我们向前

不断地说服自己追随节奏
踉跄地前行
拥着人潮
——却也实在地因此成长

无数的憎恶、无数次逃离
话里话外的咒骂

可那天我一人蹲坐在被锁上的天台前
看着一天天被撕去的日期还是感到了莫名的失落

为什么呢
明明不一直说要早点中考结束逃离这里吗

明明不一直说三年来遭受了无数的压力与痛苦吗
那又是什么一直牵扯着我最后的诀别呢

忆起这周三——我们上完了初中的最后一堂体育课
烈阳之下我固执地又一人一口气跑了个一千米
相比初来乍到时的累死累活
如今操场的四圈似也显得轻松许多
曾经的埋怨与忧叹沉浮模糊

老师给每个同学都买了奶茶
走时也像多少场平凡的夏日般
同学们依旧大汗淋漓

唏嘘地怨着炎热的天气
手上奶茶冰凉、浸湿了双手

一群同学向老师喊着再见
我们都自然而然地告别

"啊——我还是好想上体育课
虽然每次都会累瘫。"我和一同学说

"明明之前说体考完就再也不要碰体育了
现在却还是……"她说

是啊
那一千多人在操场上齐刷刷做着俯卧撑的场面怎能
不让人记忆犹新
那无数个挥汗如雨的下午
与被要求脱掉外套还不情不愿的隆冬

回教室路上
我近乎是条件反射般地吐出一句
"我们还有二十多天就要毕业了啊"

想来
学校大概就像位过于严苛的父亲
不管如何憎恶背后还是留下了连绵的不舍与眷恋

那天在天台前
我听见了上课的铃声

——孩子常是恨不起"父母"的

圈

课间时，同学们各自找到朋友聊天
教室里竖起层层隐隐的圆圈
我在圈外
却迟迟难以跨入
跑在成群结队、勾肩搭背去吃饭的同学前面
装作满不在意
我知道我有能力踏进去
那些圆圈
可踏入的刹那所有的圈都似无形的束缚
极速聚拢
我只好退出
在圈与圈的夹缝中沉默
显得格格不入

醒悟

有时会觉自己的身影大概像风凋零了吧
变成撕裂的纱绸幽幽地飘着
而后北面猛然炸开一阵疾风
纱绸随之不知所终
倏地觉得像做了一个长长的美好却慵懒的美梦
醒来时前方的光辉还未被疾风吹散、还完整着

生命是哪来的

平平：鲨鱼很凶的，它们会嗷呜嗷呜把人给吃掉（双手高举比画着鲨鱼的模样）那这只鲨鱼放在家里会不会把人吃掉（看向一旁的鲨鱼玩偶）

我：不会噢，因为它没有生命

平平：生命是哪里来的

我：嗯……平平，这个问题你可是难倒姐姐了

爱

真正存心的爱起火慢慢
却燃得热烈
燃得长久

游灵隐寺小感

　　于山林间才颇有物我合一之感，夕阳在山亦有陈旧而辉煌之意。

　　游灵隐寺时我也和老爸说：最适合游寺庙的天色莫过于两种——小雨与暖阳。小雨天让人有洗涤罪孽之感，暖阳天让人有普照众生之感。

　　暂且不论神佛是否存在，既是于山林间佛像林立，慈眉见来者，信者闻梵钟得以心平气和，足矣。此外，信教也并非科技时代的什么封建思想，两者全然不冲突。

　　老爸也总说：信在于行不在于形（这是我根据他的话总结的）。真正摒除俗念归于自我的人能有多少呢？百分之九十九点九九的人都不行吧。而且对大多数的人来说亦大可不必。

　　先度化，后成佛；非成佛才可度化，老爸如是说。真正的圣人无不是济民救苦的，甚至不拘泥于佛教，所有教派皆是如此。

　　这样的人是值得敬佩、铭记、崇尚的，所以无论信佛与否，那些踢佛像的人属实该罚（扯远了，只是突然想起之前刷到过的新闻）。

　　而济民救世对大多数人来说一是觉得没那能力，

二是也不愿意。只是有感而发一时碎话过多，便顺势发表下我的看法：害他的坏事不可干，利他的好事支持干但不应被强求。于多数人来说，好的事情只有两个标准：一是不伤害他人，二是自己不后悔。这也是我在灵隐寺里登山时和老爸所谈及的事情。

老爸总说：厚德载物。反之意为：德不配位必遭殃。好人一定有好报吗？许多会得善果的；但真不见得一定，在这个社会上。可至少要去相信、坚定——为富不仁者，可耻；为恶不觉者，可恨！便是凡人，或是做好自己，或是亦像无数古之仁人般，像坠山落日的余晖一般，即便微弱亦欲滋润一片土地！

（寺对面小店前的猫猫竟然都不怕人的！我隔着一米蹲下学猫叫，它竟然回应了，还主动走了过来轻轻蹭我。我抚摸它的小脑袋，它闭上眼睛很享受的样子，然后竟然直接躺下了，敢把肚皮露出来。我继续轻轻抚摸它，它像睡着了般十分平静。过会儿我被喊走时，它还瞬时支棱起来，叫了长长的好几声，像是在道别。后来我想，也是，大概没有人会在寺庙旁伤害这样有灵气、可爱的小猫猫吧。）

想对最好的朋友说的话

很抱歉让你都看不到我完全真实的模样
原谅我无意的谎言
每个人看到的我都有参差
不完全真实

爱的诠释

对可遇不可求的爱宁遗毋滥

对无法预测无法改变的未来之事静待花开

对已知的邂逅保有期許

倾心相给却亦存有荫翳

等得宁静

爱得热烈

离得洒脱

望得久远

才是对爱最好的诠释

头上

我：平平，快看头上的树叶好漂亮

二弟：（用肉肉的小手摸摸头顶）

我头上有树叶吗

被孤立的人

被孤立的人有两种同样可能性的身份：
施害者和受害者

易碎,一岁

我:平平,不要弄姐姐的东西,是易碎的噢
弟:那有没有两岁的

静心向佛和躺平"佛系"终究还是有区别的

天天把神佛保佑挂在嘴边的人
能真正做到心如止水、静心向佛的人又有多少呢

神佛这样的神圣大概是需要信仰的吧
虔诚地相信
合理地崇敬
才有可能存在吧

矛盾相向

世界上只要存在两个极限就不存在极限了

迪士尼的烟花

朋友说迪士尼的烟花像泄气了似的
我说没关系,我超会自我洗脑的哈哈
可原本迪士尼的烟花也不只是烟花
更是一个大女孩踮起脚尖向星空再靠近一点
更是一个个童话人物闪过时燃烧的回忆与童真
更是无数手机微光照亮了暗黑的大地
顷刻,我已经好久好久没有如此像个孩子一般期盼着
——我们都被同一场童话笼罩着温暖着

世界

我相信这个世界的真实性
但不相信它的全部
它是个被谎言包裹的真实的个体

慢热的夏季

在这个慢热的夏季
一切都是如此静悄悄地氤氲
白云被湛蓝的天空颠着翻炒
一个人在其下漫步着
城市时常烘烤着阳光
溢出吐司的清香

心慢下时
总感到还有好长好长的路,足够我细细追寻

缺点

我总是习惯于走着一条路而瞻望着
另一条路上停滞不前的我

我爱你的逆否命题

"我爱你"的逆否命题是——
非你不爱
抑或
若我不再爱你,我则不再是我

而逆否命题,永远和原命题
有着相同的结局

夏日的晚霞

就像是明日我即重生
朝生暮死地爱着这个世界

结痂

写自己过去的经历就像是公开揭伤疤一样
可总有那么一刻
揭开久久捂住的纱布后
会发现原本隐痛的伤口不知何时早已结痂

森林闯关

　　一个普通的森林闯关被我反反复复反反复复玩了十年。去年去时，要付钱了；今年去时，不少项目被拆了。

　　小时总想，等我长大了，手长脚长了，那些高难度的关卡就轻轻松松了。可等我长大了，它们却已陆续化为废木，在空气中静静呼唤着，过去在它们肩上跑大的孩子。

　　记得用小天才电话手表计时跑完的日子，记得和好友赌气非要玩高难度却摔下网的日子，更记得明明过不去还非说行的倔强日子……疯耍的孩子不知疲惫，欢笑的孩子不知困苦——快点！再快点！心急的我磕出好几个青块都满不在乎。

　　可今天玩时，我带上手机慢慢地拍了好多照片。出口的"欢迎您下次再来！"不知还能同我相赴几个仓促的四季。

　　你可千万不要说谎了。

　　假使树会说话，我会侧耳倾听它轻柔的答复。

　　一旁修了新的闯关，破败的渔网迷宫被各式高高的崭新木屋替代。上面站着不少稚嫩的孩童，可我不愿去。

那里，没有属于我的羁绊。

走在老旧的木道上，会看见前方有我曾经奔跑的影子。女孩青涩的笑颜让人忆起从前，慢慢发现、渐而已无我这个年龄的大孩。而作为少有的大孩，我可以走得很快。可我亦放慢了每一步步伐——一年、三年、五年、又十年……后，它还会在吗？我沉默的老友，寄宿着一个女孩的过去。

同样匆忙的同龄人啊，还记得在此守候的残存记忆吗？如今走快的每一秒、是否都是未来某天我后悔没再多玩玩的落寞？

只是会害怕地发现，快乐的成本越来越高，儿时的欢愉再难偷学。

其实我挺怕一个人的

常是一个人
好像自己也渐渐觉得没什么
只是那天和一同学聊起
原本我们并非很熟
可我就是莫名害怕突然停下
放下手机又陷入夜无尽的黑暗里

即使倔强、坚强
我也实在没法骗自己

那天
我在"晚安"之后发了最后一条消息——
其实，我挺怕一个人的

变快乐的方式

有时要瞬间变得快乐并不是件简单的事情
若是有毅力且真正热爱的人大概可以坚持追寻
可对于大多数人来说是没有能力实现的
求而不得渐渐就厌烦了甚至还会产生新的负面情绪

我曾和一个朋友说：
你真的可以试着爱上运动
那绝对是最廉价的快乐方式
是的
我想、降低心中的快乐标准大概更为划算
就像过氧化氢分解时加热与酶的区别一样

状态好时我会觉得只是奔跑在这慌乱的世间
清风拂过伴着音乐就好幸福好快乐了

棒棒

我的朋友圈：原来这年头依旧有棒棒的存在。

网友：原来这年头依旧有会发现人间烟火的小可爱。

我：哈哈，平凡人的一生难得波澜壮阔，活着的意义不就在于这些人间烟火里的小细节吗？

网友：正确滴。

好些日子没见过棒棒了。

棒棒是以竹棍或木棒为支撑帮人们在街头小巷扛提杂物的职业，他们以自己老茧遍生的肩膀与手掌，支棱起了楼宇间专属于老物件们的纸短情长。在楼梯满城，山坡连绵的重庆，棒棒即便已赶不上时代，也依旧有着他们独特的存在意义。

黝黑的脸庞，斑白的碎发，稍显佝偻的背影，看似瘦弱的身躯却踏过了无数道崎岖的山路，在狭窄的小巷里荡漾起嘿哟嘿哟的方言。

在众人的眼里，他们亦被称为"脚夫""挑夫""苦力"，沧桑的背影后是千万滴汗水的结晶。

如今，在日渐快速便捷的时代，棒棒渐而被遗忘——可他们依旧隐匿于重庆的山川人潮之中，一根长棒便是支撑起他们人生漫漫的武器。靠自己的双手脚踏实地赚钱，他们以一步一步千万步丈量着自己的天地与高低错落的重庆。

　　从山麓到山腰，从房瓦到道路，盼着所属物的人们常是盼着那个姗而不迟的"高大"身影。

　　美好的童话故事里，他们兴许不是能顶天立地的英雄，不是能所向披靡的勇者，甚至是不会被落下笔墨的小人物……却以自己的力量撑起了某个不起眼的小家，撑起了一个心不残缺的人。

　　因而放下棒子，他们也许亦是某个家庭里的顶梁柱，某个母亲的儿子，某个孩子的父亲；也会半倚栏杆且谈近日琐事——时常会见疲倦着脸庞，跷着二郎腿抽着烟，而抬头望月的他们。

　　正是今傍晚时分，于川流不息的马路角遇一棒棒正同他儿子打着招呼——

　　"那你先回去吧。"

　　"嗯，不用担心我。"

　　家人的羁绊同是寻常巷陌之上前行的动力。

　　——棒棒不只是一种工具、一种职业，更是一群在世间奋斗的人们，一种务实的精神！

　　说实话，若有选择，该是少有人会选择这般职业。

　　即便是被视为最底层的劳动群众也值得真心尊重！

　　不仅是棒棒，还是千千万万平凡的职业。

　　是无数个默默无闻的他们才让人间胜似人间！

八角笼中

　　八角笼，是笼，却带着一群出生便被困在无形的笼里的孩子走出了狭小的天地。
　　八角笼中，是血液的飞溅，是无情的双拳，却更是汗水的挥洒与激情的迸发！

说说你的疲惫感从何而来

我一半在水下
一半在水上
我漂浮在水中
扑腾着

写作

写作是向平行世界的自己写信
落笔刹那便已送达末了的驿站

我的颜色

今日翻阅文集时发现一件有趣的事实
我写了不止一次"你是什么颜色"的文字
而每次所写下的颜色皆是一次比一次浅

倒计时

不知何时时间过得很没有实感
每一天都是倒计时

"6·5"重庆大轰炸

六月五日语文评讲忽然暂停
如潮涌般回荡防空警报蓦然拉响
宛若撕碎了耳膜
冲闯大脑
搅碎了最后一丝困意
心上一弦猛然抽动
被巨浪般浩瀚的警报声席卷脑海

广播的老师不知是早有谋划还是临时起意
忽地讲起重庆大轰炸的历史
——1941年6月5日
本仅能容纳五千人的防空大隧道瞬时涌入一万人潮
最终……两千余名同胞不幸罹难

恍惚间
眼前近乎一海血色
孩童的哭声
群众的惊叫
压挤的破烂的衣衫
暴风雨似的踩踏

惶恐、惊乱

地欲裂了
崩塌的楼阁与残留的、炭黑的木质亭台
还有那被烈火炙干的鲜红的泪水
嵌进土壤的
随黄尘炸开了
纷飞零乱的
顷刻死寂得似隐涧的滴水入湖般
漠然地
绽放了
绽开的是人肉与鲜血啊

我痉挛的大地

老师诉着故事
仿佛被攥进了拥挤的大隧道
现实里的我已是木讷
那个女孩正襟危坐
灵魂却飘去历史的战火里了

阴暗的空间
像地上扎入的木然的根似的
失神的人们

油灯忽闪
垂挂的濒死的光亮
窒息
如薄雾般弥散的空气
浓厚的喘息
与布料间窸窸窣窣的摩擦声
挤压

前一孩子的头颅扎进后一男人的胸膛
前一孩子的小鞋踩在母亲的脚上
油灯灭去的防空洞
晦暗
既是狂轰滥炸下人们希望的归所
又是巨大的、封闭的棺材！

呼—— 呼——
急促
呵！呵！
艰难的深吸
躁动的神经
颤动

人们开始拥前
什么长久的沉寂被刺破了
撕开一道血淋淋的豁口

簇拥着
蜂拥
死亡的倒计时在嘶吼着

呼吸愈发困难
黑暗

大门被人们压住了
惊惶的神经成猛烈的病毒
霎时感染万人
病变了
扩散了
人们开始推搡
像荒野上枯败的稻草彼此拉扯着
随风狂舞着
不知何时就折断了
——孱弱的生命啊

随之
冷漠的
第一个窒息的人倒下了
后来的人踏着他的尸体向前

随之
第一片被践踏的鲜血溅开了

不知沾染了谁的衣襟

随之
女孩稚嫩的、却早已尘土满面的脸颊又泛上一抹血色
随之

是茫然的推挤与冲撞
地上、壁上
"镶"入的人啊

尖叫、推搡、踩踏声
茫然间似亦从那绵延、澎湃的警报声里扑出来

随之
是一声——"打倒日本帝国主义"
此起彼伏
又是一声——"抗战必胜"
先前从未有过的声响
若龟裂的大地

随之……他们也倒下了
——土黄的脸庞
是融进土壤了吗
大地的孩子啊
选择激昂地睡去了

是
像做梦似的
像从诞生之际便刻在骨髓里本有的记忆似的
——爆发了
同那轰鸣的警报声一起

警报停止之时即是梦醒之时
轰炸声亦如海啸后归于宁静

苍白的天空下
泥泞路上
多少年前一个孩子茫然地穿行在成千上万的具具尸首
之间
敌机撤去
轰隆隆地掩埋了恸哭声

——梦醒了似的
梦醒了似的
浑身摇然

海啸后的苍穹当有虹光
——而此时
防空警报声幽幽退去
像多少年前一样

惨白的天空下我们平静地坐于桌前
老师又开始评讲了

墙

是从什么时候开始的呢
为寻求微弱的光明而跻身狭小的空间
窒息恐惧被高大的墙包围
像是褴褓中的婴儿贪婪地逃避在一切恐惧之后
吮吸着密闭的孤独的乳汁

未曾有人和我提起墙外的事情
似乎那早已司空见惯对于他们来说

墙外有什么呢
更遥远的天空
更汹涌的人潮
我不知道
因为未知的
未曾探寻

会思考，留下还是离开
徘徊着
似等同于停滞不前
我在思考

速度超越了繁琐的垃圾信息
——这不只是一个简单的选择题
而是终生的议题

愚蠢的人在嘲笑一个问题而已
何必纠结冷漠的人在旁观
一个疯子而已
简直胡思

要打破吗
那就在眼前的墙
那颤颤巍巍、于钢丝上苦心维持的平衡

仿佛
是在问一路走过来的自己
在墙的边缘

而我常常深吸
为在这片乌烟瘴气里喘息
他人戏谑的言语是为自己的懦弱寻找豁口

他们说啊
危险,不要出去
他们说啊待在墙里,墙里更安全
若不加处理

可我的大脑被鸡鸣狗吠占据

可是啊
谁晓那未知的
便是我征程的宿命

我抉择
我决定
这从来不是一个选择题
于我来说在那些恶心的杂音里
这是一篇注定的命题作文
早已被规定

——我得出去
走出去
打破那安全又危险的墙壁

轻触啊轻触工艺粗糙的照壁
——其实当真正走出时
墙，是如此脆弱不堪一击

坍塌的威力于全身刻下数道伤口
凝为向前的阻力
——遭遇了意料外的疼痛
恐惧

但还是向前走了
——迷途的孩子呀她需要呼吸
黑暗

黑暗

黑暗
……恐惧
——我怕黑

因而明明已走出很远却依旧能听见隐约的声音
——"为什么呢"
"为什么呢"
为什么呢
像是寄宿在脑内的病毒

来自一个遍体鳞伤
熟悉又陌生的女孩
——"为什么要走出去
"为什么不回来
"为什么要刻意承担本无须的痛苦"
她稚嫩的声音如同在撕裂着周遭的每一丝空气
嘶吼着泪流
疲惫而凌乱

太熟悉了
我愣住了

——就像我一样啊一模一样
那个女孩

可那、真的是我吗
沉吟

太狼狈了！"为什么啊"
一点、也不应是我的作风

——那"不是"我

我很清楚
我想干什么

都是过去式了
怎能继续纠缠
一群孽障玩意
"谢谢你"

"永别了"

孩子
我会踏着过去的尸体
——你属实难堪的尸体

奔向我们依旧共同恐惧的
共同创造的——
黑暗

那里——
大概才会有真正浩瀚无际的光明等着我们吧
——"魏语桥
"一切

"都是过去式了
"忘了吧"

焦土之上的野花

便是脚下如同灼烧
也依旧倔强地走着
所过之处烈火焚烧后的焦土
才能开出愈加艳丽肆意的野花

朦胧

喜欢朦胧的感觉
迷迷糊糊地像泛白的梦似的
仿佛一切都是玄幻的
生命也是一场玄学
还可以改变或是保留许多

岁岁年年

最好的网友：岁岁年年还是我们
我：岁岁年年的夏天有着专属于我们的碎碎念念

过去的文字

明明仅是半年
却怪异地如此淡忘了
大概每次蜕化的蝉蛹也会以失去此般记忆为代价吧

翻着半年前那些情绪化的文字
悲伤、压抑、迷茫、恐惧的思绪
怒吼与发泄
波荡而摇曳的状态
亦有那么一刻是厌恶的

想是：就都别收进文集了吧
太丑陋了

而后瞬时打消了
如此都是自卑的表现

品尝自己过去的情绪与经历也未尝糟蹋
像是在抚慰一个受伤的小女孩
——复制下那些文字的时刻
总会有一种"轻舟已过万重山"的感觉

初期选拔时的日记

热爱是站在专属于自己的南极点,所迈的每一步、皆是一路向北

万事我从来没那么坚定地认为我一定行
我只想先出发

再启

一个人走在学校树荫斑驳的马路上时
我又一次释然地蹦跳起来
呀,好早以前的老习惯啦
时常会突然这么想
而后会心一笑

透窗望云时
曾经写下的文字如飞燕欢腾着
在靛蓝的幕布下恣意排列
看不清的对岸也明晰起来

日记里依旧是一页一页的你
老旧的纸张碾作糨糊,充盈了曾空洞的心处
慢慢是习惯了
又有了新的旧识

呀,真的过了好久呢
时常会突然这么想

十个月来陆陆续续的五万字兴许已是一场足以追忆的旅程
太多的细节被典藏文里
贩卖于未来奔走的自己

我还是那个痴迷于淋雨的"疯女孩"
还是那个喜欢看云发呆的"写作者"
还是那个一高兴就控制不住音量惹得全班关注的"女汉子"
可还是蜕变了许多
在日日朝朝暮暮未曾查寻之时

像是在某个夜晚撑船而行的倒影
水里因涟漪而狼狈的自己在撑水刹那消弭了

水波旖旎
晃动着了起伏的过去

多少年前的许愿瓶兴许早已破碎沉进江河了吧
几个月前的期盼是不是也应该画上句号了呢

只因孤独的过去式是那样地美丽
便是曾痛恨的
也欲化为重新启程的起点了

而后也许又是很多年
我不知自己是否还会有所记忆
改变最大的那场夏季
无数场分别与相遇
热爱与追寻

从夏季相遇
从夏季道别
从夏季再启

我想是要去未来拯救半年前的自己

这次
真的是属于我的夏季

后记

  在整理诗集的三个小时里,翻着三百天来日夜风雨断断续续的诗集,像踏着回溯的阶梯,跌宕地又活了遍自己的心绪——愤慨过,悲痛过,激昂过,喜悦过……五味杂陈的情感像一年来煮熟的稀粥,品尝时或苦或甜,却依旧会心一笑。即便曾经的思绪不再,我却还是将其耐心地一一复制进了文集。破败的记忆与文字兴许是曾残缺迷茫的我所留的痕迹,圣迹而或血迹亦再无所意,皆是跟跄经历后专属于我的回忆——那是我走过的路,我寻觅过的自己,我的珍宝,那真真切切的曾经……